蔦屋重三郎

浮世を穿《うが》つ「眼」をもつ男

髙橋直樹

潮文庫

目次

装幀　重原隆
装画　ヤマモトマサアキ

蔦屋重三郎　浮世を穿《うが》つ「眼」をもつ男

第一章　写楽の眼

一

大手地本問屋《じほんどんや》が軒を連ねる江戸の日本橋通油町《とおりあぶらちょう》に蔦屋重三郎《つたやじゅうざぶろう》の店はあった。寛政《かんせい》六年（一七九四）の初めころのことである。近ごろ蔦屋重三郎こと蔦重《つたじゅう》は地本問屋の株に併せて書物問屋の株も取得していた。これは地本問屋の出す大衆娯楽本だけではなく、書物問屋の発刊する学問書の分野への進出を目論んでのことだったが、居室にいる蔦重の視線が探っていたのは、居室に置かれた調度類だった。文机《ふづくえ》に置かれた筆の向きが少し変わっているのを見逃さない。重要書類や高額貨幣がしまってある金庫には鍵が掛けられていたが、その鍵穴に白い粉が僅《わず》かに付着しているのを見逃さなかった。蔦重が案じ顔になったとき、閉じられた障子の外から番頭の勇助《ゆすけ》の声が聞こえてきた。

「旦那様、よろしいでしょうか」

「お入り」と蔦重が応じる。

番頭の勇助が一枚の絵を抱えていた。その仕草を見て、蔦重には勇助が何を訊きに来たのかわかった。蔦重の店には絵師や戯作者《げさくしゃ》を志望する大勢の連中が昼夜を問わず詰めかける。いちいち戯作に眼を通している時間はないが、絵ならば一瞬だ。そのため絵ならば「おれの眼で判断する」と勇助にも伝えてあったのだ。

思った通り勇助は一枚の絵を、忠実な仕草で蔦重の前に進めてきた。斜めに一瞥《いちべつ》をくれた蔦重の表情が急に変わる。

――あの男だ！

心の叫びが聞こえてきそうで、勇助も表情をあらためる。

「この絵を持参したのは、どんなやつだった」

勇助から差し出された絵を、蔦重はまじまじと見つめて問う。どうやらそこに描かれているのは、市川鰕蔵《いちかわえびぞう》（五代目團十郎《だんじゅうろう》）らしい。役者絵だとわかったが、蔦重をとらえたのはそんなことではない。

眼だ。描かれた人物の眼だ。蔦重には、その眼に見覚えがあった。

「その絵を此処へ持ち込んだのは、代理の者だそうです。描いた本人ではない、とのこと」

「代理？」

「はい、斎藤十郎兵衛《さいとうじゅうろうべえ》と名乗りました。持ち込んだのはその絵だけではありません。全部で二十八枚も持ち込んできました。一点だけでも買い上げてほしい、とのこと」

「やって来たのは本当に代理なのか？」

「少なくとも役者絵には暗いようです。鳥居《とりい》派もわからなければ勝川春章《かつかわしゅんしょう》という名も聞いたこともないようです」

「その代理の者が持ち込んだという他の絵はどうした」

「わたしが預かっています」

勇助が答える。

「代理を名乗る者が、最初にその絵を薦《すす》めたのは、有名な役者を描いたものであり、一番売れそうだと思ったからでありましょう」と続けた。

「なるほど」

うなずいた蔦重が、勇助に命じる。

「おまえが預かっているという残りの絵も此処へ持ってきなさい」

「かしこまりました」

残り二十七枚の絵を抱えて戻ってきた勇助が告げる。

「三日後に、斎藤十郎兵衛と名乗った代理の方が、首尾を聞きにもう一度訪ねてくるそうです」

「その斎藤殿が訪ねてきたなら、すぐにわたしの部屋に通しなさい」

蔦重が命じながら、勇助から受け取った残り二十七枚に眼を通しだす。

「間違いない、あの男だ」

今度は声に出して言った。勇助は聞こえぬふりをしたが、蔦重の心拍を聞いたように、表情を緊張させた。

二

三日後、約束通り斎藤十郎兵衛が蔦重の店を訪ねてきた。三日前に面接した勇助が、今度は店の奥へと案内する。いきなり蔦重に出迎えられ、斎藤十郎兵衛は面食らった様子で蔦重の顔つきをうかがった。

「二十八点、全ていただきます」

そう蔦重が言った。言っただけではない。大手両替商の名が墨書《ぼくしょ》された二十五両包みを斎藤十郎兵衛に進めて続けた。

「これは半金です。斎藤様は代理だとうかがっております。残りの半金は代理の方ではなく、絵師の方にお渡しするのが規則でございます」

「ええと、これは」と斎藤十郎兵衛が、蔦重から進められた二十五両包みを、確かめるように示す。

「これは頂戴していって構わない、ということですか」

「さようです。残りの半金も絵師の方を連れてきていただければ、すぐにお渡しいたします」

蔦重が強調したいのは、残りの半金が欲しければ絵師を連れてこい、というところだったが、肝心の斎藤十郎兵衛は二十五両包みを懐にしまったとたん、早々に退散してしまった。後を追いかけるように勇助が版木の所有権を明記した文書を渡したが、斎藤十郎兵衛の興味は手渡した二十五両包みにしかないようだ。その二十五両包みが確かに蔦重から自分に渡ったとわかるや、安堵の吐息を漏らして立ち去っていった。

「勇助を呼んでくれ」

斎藤十郎兵衛の持ち込んだ二十八枚に眼を通した蔦重が、店の表に呼ばわる。手代か丁稚《でっち》が飛んでくると思ったのに、意外にも姿を現したのは、火の番をしている召し使いだった。もう老人といってもいい歳で、彼の店では一番の年長者だ。とにかく火の始末に慎重な者で、他に取柄《とりえ》はないが、この江戸で最も恐ろしいのは火事である。

うっかり失火でも出そうものなら、無事では済まない。だから火の始末がいい飯炊きや風呂番は有難い存在で、その老人もかつては吉原《よしわら》の大手妓楼《ぎろう》にいた。しかし給金が高くとも妓楼で老体に鞭《むち》打つのはしんどいと訴えるので、かつては不寝番《ねずのばん》もしていたことがあるという経歴にひかれて、蔦重が自分の店で雇ったのだ。不寝番は広い妓楼のあちこちに火を灯したり、消したりする仕事で、どこに火が灯っているか一晩中把握しておかねばならず、ずいぶん気骨がいった。

蔦重が、現れた老人に声をかける。

「番頭を呼んでくれますか」

「かしこまりました」と一礼して引き下がる老人の後ろ姿を、さりげなく蔦重が見送る。急いでやって来た勇助に尋ねた。

「そこで火の番をしている老人に会わなかったかい」

「いえ、本日はまだ利兵衛《りへえ》さんに会っておりませんが」

火の番をしている老人の名が利兵衛である。

「そうか」

簡単に話を打ち切って、本題に入る。

「例の斎藤十郎兵衛、絵師を連れてきたかい」と尋ねる。「いいえ」との返答を聞きながら、勇助に言う。

「あの斎藤十郎兵衛なる御仁、阿州侯《あしゅう》（徳島藩主）お抱えの能役者だそうだ」

「さようでございましたか」

うなずいた勇助が、蔦重の次の言葉を待つ。

「すまんがこれから下谷《したや》の朋誠堂喜三二《ほうせいどうきさんじ》さんのところへ行って、それが事実かどうか確かめてくれんか」

朋誠堂喜三二は戯作者としての名で、本名は平沢常富《ひらさわつねとみ》という。彼は留守居役筆頭の重職にある秋田藩士だ。徳島と秋田とでは離れ過ぎているような気がするが、蔦重は斎藤十郎兵衛なる者が阿州侯の召し抱えかどうか、朋誠堂喜三二に問い合わせるよう命じた。

「それから次にうちが出す浮世絵だがな。例の斎藤十郎兵衛が持ち込んだ二十八点を一気に出す。それも黒雲母摺《くろきらず》りの大判だ」

さすがに勇助も驚いたろうが、顔色も変えずに一礼する。蔦重が続けた。

「すぐに月行事のところへ行って、極印《きわめいん》をもらってきてくれ」

「画号はいかがなさいますか。またその絵師の住所はどういたしましょうか」

「住所はうちでいい。画号は東洲斎写楽《とうしゅうさいしゃらく》にしよう」

なぜ画号が「東洲斎写楽」なのか、勇助は敢えて尋ねようとはしなかった。

三

あれはもう三十年ちかくも前のことだ。

当時、蔦重は吉原遊郭《ゆうかく》の何でも屋だった。妓楼の若い衆もやれば、四郎兵衛《しろべえ》会所に詰めて女郎の足抜けも見張り、街の治安維持に当たる用心棒も務めた。

その夜、蔦重は夜鳴きそば屋に扮して、屋台を揚屋町《あげやちよう》に出していた。

先ほど仲之町で四ツが鳴ったのを聞く。四ツはたいてい午後十時くらいを指すが、この吉原では午前零時前後のことだ。その時間までは新規の客を入れるのである。

華やかな光に満ちた妓楼街と違って、この揚屋町は吉原遊郭の内にありながら一軒の妓楼もなく、真っ暗に静まり返っている。

だから眼を付けられやすいのだ。吉原の妓楼街に落ちる莫大な金を狙った夜盗たちに。盗賊たちはこの揚屋町に火を放ったうえで、注意が其方に向いた隙を狙って、金がたんまりある妓楼に押し入ろうというのだ。

吉原は自治の街である。吉原大門の面番所には町奉行所の同心が詰めているとはいえ、押し込み強盗を捕縛するのに彼らの手を借りたとあっては、自治の街の名折れである。

また、吉原の火事というと、足抜け女郎の放火が有名だが、吉原の自治を守る連中が気を付けているのは、女郎の放火の方ではない。

いま、夜鳴きそば屋に扮した蔦重が見張っているのも、女郎たちではなく、夜盗を疑われる不審な人影の方だった。

猟犬のように吉原遊郭を嗅ぎまわる一団があった。彼らと夜鳴きそば屋に扮した蔦重は連携しており、もし一団が嗅ぎつけた不審者が揚屋町に逃げ込んだなら、素早く蔦重が対処する手筈《てはず》になっていた。

いまも一団が不審者と睨《にら》んだ男が一人、揚屋町に追い込まれてきたが、夜鳴きそば屋に扮した蔦重が、彼らに向かって大きく首を横に振ってみせる。

違う、という意味だ。まだ蔦重は若かったが、その眼力には定評があり、吉原の用心棒たちも一目置いていた。蔦重が首を振るや、それまで身構えていた用心棒の一団は安堵した様子で退散し、あとに蔦重と件《くだん》の男だけが残った。

——なんと吉原の似合わない男だ。

あらためて男を眼で追った蔦重は、おかしくなる。

浅黄裏《あさぎうら》（上京してきた各藩の勤番士《きんばんし》）や半纏者《はんてんもの》（大工など半纏を着た職人）は、決して通人とは見られないが、彼らもこの男ほど野暮ったくはあるまい。

何としたことか、その野暮天が、夜鳴きそば屋に扮した蔦重の方へやってくるではないか。蔦重がその野暮天に声をかける。

「気に入りの花魁《おいらん》の道中《どうちゅう》でも見物したのかい」

冗談めかして声をかけると、その野暮天はいたって真剣に応じてきた。

「花魁？」

さすがの蔦重もびっくりした。

――こいつ、花魁を知らんのか。

するとその野暮天は、ハタと手を打って答えた。

「ああ、あのやたらと簪《かんざし》を髪の毛にぶっ刺してハリネズミみたいな頭になった、ド派手な着物の姐《ねえ》ちゃんのことか」

そうには違いないが、この男が言うと、なにやらおかしく聞こえる。

「まぁ一杯食っていきなよ」

蔦重がドンブリのそばを勧めたところ、男は「銭がない」と首を横に振った。

「銭はいらねぇよ」

なぜそう言ったのかは、蔦重にもわからない。

「味噌や塩で食わせるそばとは違う。カツオ、醬油、砂糖で出汁を取ってあるんだ。うまいぜ」

夜鳴きそば屋に化けて屋台を担いでいるとはいえ、そば屋としての蔦重はなかなか堂に入っている。出汁を張ってそばを入れたドンブリを渡したところ、男が応じた。

「おれは乞食《こじき》じゃねぇ。こいつはそば賃の代わりだ」

そう言って男はいきなり蔦重の懐に手を伸ばした。男は蔦重が懐にたばさんだ冊子に気づいて、それを手に取ろうとしたのだ。その冊子は『吉原細見《さいけん》』だったが、件の男はどうやら『吉原細見』も知らないらしい。

「剣呑《けんのん》だねぇ」

男の口調が変わったのは、その冊子が『吉原細見』だったからではない。冊子の下に蔦重が着ていた鎖帷子《くさりかたびら》に気づいたからだ。男の指先が鎖帷子に触れたのに蔦重も気づいたが、何とも応じずに冊子を手に取る男を眺めた。

男は興味なげに『吉原細見』を、パラパラとめくっていたが、ようやく余白を見つけると、今度は蔦重の腰から矢立《やたて》の筆を取った。もう一度蔦重の顔を見やると、さらさらと蔦重の顔を描き始めた。

「あんた、絵師かい」

蔦重が尋ねても、男は返事をしなかった。

「絵師ならば画号も頼むぜ」

蔦重が声をかけると、蔦重の顔を描いていた男は、その横に画号らしきものを記した。蔦重がのぞき見したところ、『東洲斎写楽』と読めた。その写楽が蔦重に細見を投げ返す。細見の余白に描かれた似顔絵を見て蔦重が言う。

「おれ、こんな顔をしてるかい」

「あんた、おれに似ているよ」

写楽がそう返してきたので、あらためて余白に描かれた似顔絵に眼を落とす。

「すげぇな、あんた」

褒めて言ったつもりはない。ただ、ほかに言いようがなかった。

「画号はどういう意味だい？」

「別に意味はない。ただ、あんたの似顔絵を描くうち、思い浮かんだだけだ」

そう答えてカラになったドンブリを返すと、後ろ姿を見せて去っていった。

四

その後も蔦重は夜鳴きそばの屋台を担いで吉原だけでなく、江戸の街のあちこちに立ったが、あの東洲斎写楽に会うことは二度となかった。描いてもらった似顔絵もじきに失くしてしまった。失くしたときは何とも思わなかったのに、しばらくたつとあの似顔絵の眼つきがよみがえり、いつまでも脳裏から離れなかった。

あの男の顔は確かに見たはずなのに、どうしても思い出せない。よみがえってくるのは、あの似顔絵だけなのだ。

——あの男の画を見たのは、あのとき以来だ。

だから二十八点全てを耕書堂《こうしょどう》（蔦重の店）で出すと決めたが、蔦重は現実的な男でもあった。番頭の勇助が、蔦重に命じられた件について報告する。

「朋誠堂喜三二さんより、ご返答をいただきました。確かに斎藤十郎兵衛なる者の名が、阿州侯召し抱えの能役者にあるとのこと」

「勇助もあの斎藤十郎兵衛殿が話すのを聞いたであろう。何か気づかなかったか」

「舞台の役者のような話し方をされましたな」

「なぜだと思う。あの斎藤殿は舞台の上でもないのに、あの話し方だ」

「方言を出さないためでしょう」

「そうだ。どこの出身なのかわからないようにするためだ。阿州侯お抱えだからといって、阿波《あわ》の出身とは限るまい」

「お抱えの能役者ならば、間諜《かんちょう》かもしれませんな」

「なぜ阿州侯（徳島藩主）お抱えを、佐竹《さたけ》侯（秋田藩主）の留守居役である朋誠堂喜三二さんに問い合わせたと思う」

蔦重が勇助に続けた。

「阿州侯だった蜂須賀《はちすか》南山《なんざん》公の元の名は佐竹義居《よしすえ》、という。つまり秋田から徳島へ養子に行かれた佐竹の御家門だ。朋誠堂さんは古くからの江戸留守居役で、南山公が阿州侯の養子に入られた経緯についても詳しい」

「さようにございましたか」

うなずいた勇助へ、蔦重が尋ねる。

「ところで例の斎藤殿だが、その後、当店へ顔を見せたか」

「いえ。もしお見えならすぐに旦那様にお知らせいたしました」

勇助がいわくありげに蔦重をうかがって続ける。

「蜂須賀藩邸にもおらぬようです。上屋敷にも中屋敷にも下屋敷にも」

「探ったのか」

「はい」

大名屋敷の探索には、蔦重も勇助も慣れている。蔦重はもともと吉原大門に店を開いていた貸本屋であり、その頃から勇助も一緒だった。

吉原大門に店を構えているからといって、得意先は吉原の女郎だけではない。貸本屋最大の顧客は、江戸の街に散らばる大名屋敷に詰める勤番士たちだった。

六十六州から江戸に上京してくる大勢の勤番士たちは、たいてい
が暇《ひま》を持て余している。「お上りさん」の彼らが慣れない江戸で問題を起こしては一大事だと、各藩は外出を厳しく制限しており、勤番士たちはみな藩邸に閉じ込められているのだ。貸本はそんな勤番士たちの唯一の暇つぶしであり、彼らは貸本屋が貸本を背負ってやって来るのを心待ちにしていたのである。

各藩の勤番士に最も人気があるのは、他藩のお家騒動を暴露した本である。これの出版は幕府が厳しく禁じているが、(出版は禁止でも)写本という抜け道があった。

むかしから貸本屋として大名屋敷に出入りしていた蔦重と勇助は、その内情にも詳しくなった。

いま居室の蔦重が、金庫の中をあらためている。二十五両包みが所定の場所に、所定の数だけ置かれているのは、前に調べたときに確認していた。

「どうやら、開くのに失敗したらしい」

金庫の鍵穴に付着した白い粉をそのままにしておいたのは、自分が察したと相手に気づかせないためである。施錠を解いてもう一度調べたところ、やはり二十五両包みに異常はなかった。このとき、あらためようと考えたのは重要文書の方である。眼を通してみたところ、これまた異常がない。

金庫の中身を他へ移すか思案していたところ、障子の外から勇助の声が聞こえてきた。

「旦那様、今度出す浮世絵の見本が上がりましたが」

「お入り」

障子の外へ声をかけながら、調度として置かれた屏風《びょうぶ》に描かれたトラの眼に気づく。眼が空洞になっていたのだ。裏を確かめたところ、誰もいなかった。

「いまは誰もいない」

一人つぶやいて、入ってきた勇助を見やる。浮世絵の束を捧げていた。

「御指図通り、全て黒雲母摺りの大判に仕上げました」

受け取った浮世絵の束を、蔦重があらためていく。

「豪華にございますな。このたび出す浮世絵」

歌麿《うたまろ》さんをしのぐできですな――を勇助が呑み込んだのは、蔦重にもわかった。蔦重は大評判を取った喜多川《きたがわ》歌麿の美人絵よりも豪華に、誰も知らない絵師の作品を売り出そうとしていた。

勇助が困惑の表情を浮かべたのも、蔦重には理由がわかる。兄弟よりも仲が睦《むつ》まじかった蔦屋重三郎と喜多川歌麿は、完全に決別していたのだ。

原因は勇助も知らない。知らないが喜多川歌麿が、耕書堂との契約を打ち切って他の版元に移ったのは確かだ。その後、打って変わったように、歌麿は蔦重を悪く言うようになった。

一方の蔦重は、歌麿について何も語らない。何も語らないから、かえって勇助は邪推してしまうのだ――東洲斎写楽とかいう無名の絵師を、歌麿をしのぐ豪華さで売り出すのも、自分のもとを去った歌麿への面当てではないか、と。

そう思われているのは、蔦重にもわかっていた。それでもあの夜のことを、勇助に話す気にはなれなかった。

勇助も敢えて聞こうとはしない。主人の蔦重が口にした指図だけを、忠実に実行するのが分際と心得ていた。

二十八枚の見本に眼を通していた蔦重が勇助に言う。

「これでいいよ」

以前に蔦重が斎藤十郎兵衛に二十五両包みを半金として渡したときに、勇助は斎藤十郎兵衛に尋ねていた。

「色さし、はどうなさいますか。絵師の方にこだわりがあるようなら、全てお任せいたしますが」

これは絵師本人を此処まで来させようとした、勇助の差し金だったが、斎藤十郎兵衛には「色さし」の意味がわからなかったらしい。そこで勇助は何食わぬ顔で「色さし」について説明する。

「白黒の下絵のどこにどんな色を付けるかの色指定ですよ。これにこだわる絵師の方が多いもので」

すると斎藤十郎兵衛は、そそくさと答えた。

「其方にお任せしますよ。慣れていらっしゃるでしょうから」

この斎藤十郎兵衛の答えを持って、蔦重の指図を聞く。

「彫師《ほりし》と摺師《すりし》は、いかがなさいますか」

勇助から指示を仰がれた蔦重が応じる。

「彫りは勝川派をクビになって仕事がなくなった鉄蔵《てつぞう》にやらせよう。摺りはそうだな――」

と、思案した蔦重が見返したのは、勇助の顔である。その胸の辺にバレンを放って続けた。

「摺りは勇助がやれ」

「承知しました」

恭《うやうや》しく辞去した勇助に代わって、彫りを任された鉄蔵が入ってくる。商人のたしなみを身に付けた勇助と違って、乱入といっていいほど行儀が悪いこの鉄蔵こそ、のちの葛飾北斎《かつしかほくさい》である。

鉄蔵もまた、貸本屋時代から一緒である。だが気の利く勇助と違って、アゴが突き出た強情な鉄蔵は、使用人だったくせに、ひどく偉そうに蔦重の前にどっかと腰を下ろす。

「絵師であるおれに彫りをやらせようっていうのか」

するとと蔦重は、ぞんざいに応じた。

「トウガラシを売るよりマシだろ?」

ぎゃふんとなった鉄蔵が、急におとなしくなる。真っ赤な衣裳で大きな張りぼてのトウガラシを背負った恰好を、どうやら蔦重は知っているらしい。

鉄蔵は勝川派の絵師だった。春朗《しゅんろう》というのが、勝川派としての名乗りである。だが師匠であり鉄蔵の画才をかっていた勝川春章が亡くなったとたん、鉄蔵は勝川派の一番弟子格の春好《しゅんこう》と大ゲンカをしてしまう。その結果、鉄蔵は勝川派から追い出されるが、おかげで鉄蔵の勝川春好への憎しみが爆発した。とにかく春好を呪うのである。そのせいか春好は中気を患って絵師にとって最も大切な右手が使えなくなった。「人を呪わば穴二つ」というが、どうも鉄蔵の場合、この諺《ことわざ》の意味を、ちょっと変えてしまったようだ。

鉄蔵も六十代で春好と同じ中気を発症したが、鉄蔵の方は春好と違って、たちまち本復して絵師として復活してしまった。

鉄蔵が六十を超えたころに、蔦重がこの世にあるはずもないが、春好と大ゲンカをしたときの鉄蔵は、まだ蔦重も知る三十代である。なんでも春好は「おまえの描く女は下手糞《へたくそ》だ」と、鉄蔵をけなしたらしい。これには蔦重も春好の肩を持たざるを得ない。師匠の春章は上手に女を描く人だったが、鉄蔵の描く女は、まったく師匠の猿真似で、うまく写し取れてはいるが、魂の入っていない抜け殻のような絵だった。

それにしても——と呆れつつも、蔦重は感心するのである。なんと清々しい憎みっぷりだ、と。鉄蔵の春好への憎悪が、である。憎悪は人の当たり前の感情だ。当たり前だが人は憎悪などないふりをして隠す。ところが鉄蔵は少しも隠さず、正々堂々と春好への憎悪を面に出して恥じるところがない。

鉄蔵は変なやつだが、驚くほど器用に彫りの仕事をこなす。彫師の修業をしたことがあると、蔦重は知っていたが、その腕前をわかっていなければ、とても鉄蔵に任せることはできまい。

こうして二十八点に及ぶ写楽の役者絵は、大々的に耕書堂から発売されたが、肝心の売れ行きは芳《かんば》しくなかった。同じ時期に売り出した歌川豊国《うたがわとよくに》に完敗してしまったのである。

歌舞伎は大衆娯楽である。だからその芝居に出ている役者の絵は、見に来る観客たちの喜ぶように描かなくてはならなかった。当の役者たちも自分たちの宣伝になるように描いてほしかったのである。

だが写楽の絵は、その点で大きく外れていた。歌舞伎を見に来る江戸大衆の好みからも、自分たちの宣伝をしたい役者たちの狙いからも。

——この男は芝居にも役者にも興味がないのではないか。

版元である蔦重も、そう思う。

確かにそれは役者絵だ。表面では、それぞれの役者の特徴を強烈にとらえている。しかしそこに描かれている眼は、どれも同じだ。どの役者絵も、あのとき夜鳴きそば屋に扮していた蔦重の似顔絵を描いたように、写楽の眼をしている。だから蔦重は二十八点全てを一度に発売したのだ。どの絵も写楽の眼をしていたから。

だが絵を買ってくれる江戸大衆にも、浮世絵師と持ちつ持たれつの関係にある役者たちにも嫌われてしまったのだから、どうにもならない。

その点で東洲斎写楽に完勝した歌川豊国は、歌舞伎を見に来る江戸大衆を満足させ、出演した役者たちを喜ばせるよう、美化して描くことを決して忘れなかった。的を外さなかったのである。

こうして強烈な印象を与えたかに思えた写楽の売り出しは失敗し、蔦重の忠実な助手である勇助も、二度と写楽の絵を売ることはあるまいと考えていたところ、意外なことを主人の蔦重から命じられた。

すぐに写楽の第二弾を出すぞ――と言うのである。びっくりした勇助が「もうあの方の絵は在庫がありません」と答えたところ、蔦重からこう指示された。

「代理を名乗るあの斎藤十郎兵衛を探し出せ、もし見つからないようなら、鉄蔵に写楽を名乗らせて書かせるんだ」

蔦重の命令に忠実な勇助は、貸本屋時代に培った情報力を生かして斎藤十郎兵衛の行方を探したが、蔦重から指示された第二弾の発売日はすぐである。とうてい間に合わずに、けっきょく鉄蔵を写楽に仕立てることになった。

鉄蔵の方は、今度こそ絵が描けるというので、大喜びだ。写楽を名乗らねばならぬことが不満だったようだが、一枚につき三百文を支払うと蔦重は約束した。

「彫師の件ですが、古澤籐兵衛《ふるさわとうべえ》殿から弟子を遣わしてもらいますか」

そう勇助が問うと、蔦重はかぶりを振った。

「籐兵衛殿が自ら来られるというならともかく、その弟子では秘密が守られまい」

「なれど、籐兵衛殿はもうお歳ゆえ」

「わかっている。だからおれが彫師を務める」

驚いた勇助が蔦重を見つめた。

「旦那様ご自身が彫られるのですか」

念を押すような言い方になったが、勇助には別の感慨がある。

——どうしてそこまでこだわるのか。

勇助にはわからなかったが、いつも通り蔦重の命令には従うしかない。

こうして最初の二十八点が出てから、二ヶ月後に第二弾が出た。今度の絵は最初のときと違って、鉄蔵の描いた「うまい絵」だったが、初めの二十八点とは似ても似つかない。もう黒雲母摺りの大判も止めてしまった。だが蔦重は絵の発売を中止しようとはしない。もしや、自分の名を使われた写楽本人が出てくるのを待っているのでは、と考えた勇助が主人の蔦重に訴える。

「鉄蔵のやつ、三十八枚も描いてきやがりましたよ」

「払ってやれ。全部で三両弱だろう」

「しかし、役者が芝居をしている絵だけではなく、座元の口上図までありますぜ」

しぶい表情で勇助は、当の口上図を蔦重に見せる。すると蔦重が顔色も変えずに、こう応じた。

「これは面白いな。座元の読み上げる口上図が『写楽の第二幕』と読めるよう、裏から書き入れるのも一興だ」

さすが蔦重の提案だけあって面白いが、勇助にそれを楽しむゆとりはない。第一弾を見た喜多川歌麿の辛辣《しんらつ》な批評が、彼の耳にも入っていたのだ。

――鼻がでかいとか眼が小さいとかの特徴を似せるだけなら、誰にでもできる。眼に見えない空気感を出せるのが本物の絵師だ。

空気感に近い色香を具現化して感じさせるのが、歌麿の美人絵の真骨頂だ。歌麿は写楽など自分の足元にも及ばないと断じていた。この歌麿の批評には同調者も多く、これで写楽の評価は定まった。

写楽の評価が変わるのは、じつに百二十年後のことだ。すっかり江戸の世が終わったあと、それは西洋から入ってきた。ドイツのさる高名な美術評論家が、たまたま陶芸品の詰め物になっていた写楽の浮世絵を見て仰天し、これを激賞したのだ。当時の日本人は大変な欧米コンプレックスで、写楽のことなどすっかり忘れていたにもかかわらず、思わぬ欧米の高評価に乗って、これに追随したのである。

だがそれは後の世のことであり、蔦重や勇助どころか、耕書堂の関係者で写楽の再評価を眼にした者は一人もいない。

第二弾の「達者なだけの役者絵」では、やはり歌川豊国の敵ではなかった。写楽の第三弾はないと睨んだ勇助に、蔦重が命じてきた。第三弾を出すぞ、と。

今度は鉄蔵も使えない。勝川派を破門になって絵が描けなくなっていた鉄蔵に救いの手を差し伸べたつもりだったが、「鉄蔵の野郎、恩を仇《あだ》で返してきやがりましたぜ」と、勇助は蔦重に報告せざるを得ない。

今年（寛政六年）の暮れくらいから風疾《ふうしつ》（インフルエンザ）が流行り始めていた。そのため鉄蔵にも魔除けを描く仕事が舞い込んでくるようになった。流行病の魔除けといえば、鐘馗《しょうき》か鎮西八郎為朝《ちんぜいはちろうためとも》だが、女と違ってこちらの方は抜群にうまいのである。

「この間なんか、ちょこちょこっと鐘馗を描いただけで二両になったぜ。もう他人に化けたケチな仕事なんぞやってられねぇよ」

意気揚々と捨て台詞を吐く鉄蔵に、さすがの勇助も腹に据えかねたが、蔦重の方は平然としていた。

「ならば、おれが描く」と答える。「古澤籐兵衛殿から手を借りられることになった」と続けた。

古澤籐兵衛とは、まだ蔦重が駆け出しだったころから付き合いのある彫師だ。たぶん蔦重みずから描くと相談したところ、籐兵衛は口の堅い弟子ならば大丈夫だと請け合ったのだろう。

そう勇助は推察したが、言葉には出さない。ただ黙って従った。

こうして第三弾の「写楽の絵」が発売された。今度は蔦重みずから筆を執ったのだが、素人の蔦重が歌川豊国にかなうはずがなかった。またも発売された浮世絵の売れ行きは不振だったが、今度は蔦重が描いただけあって、最初の写楽に眼が似ていた。だが、似ているだけで、本物の迫力は出ない。

「どうもいかんなぁ」

蔦重はぼやいたが、その表情は楽しそうだった。

「役者たちの芝居を見に行くぞ」と、声高に呼ばわる。蔦重の言葉は絶対であり、勇助はその手はずを整え、供の支度をする。

供として従った勇助が、蔦重に耳打ちする。

「なんでも横綱の谷風《たにかぜ》が風疾に罹《かか》って亡くなったそうです」

「なんと、あの魔除けになりそうな大男が」

驚いて返した蔦重が、勇助に尋ねる。

「鉄蔵は元気なのか」

「ええ、バカは風邪ひかないって言いますからね」

まぜっかえした勇助に、蔦重も応じる。

「なんとなく風疾の邪鬼《じゃき》が、鉄蔵だけは避けて通りそうだよな」

カラカラ蔦重が笑ったところ、我が意を得たり、と勇助もうなずく。蔦重が続けた。

「勇助、鉄蔵から眼を離すなよ。あいつ、きっと大物になるぜ」

「どうしてそう思われます」

「どうしてだと思う」

逆に蔦重の方が問い返してきた。

「器用だからですか」

ゆえに画業の基礎もできている、という意味だったが、蔦重は大きくかぶりを振った。いたずらっぽく答える。

「丈夫だからだよ」

「丈夫？」

ざっくりとした蔦重の回答を、深掘りする賢さが勇助にはあった。

「鉄蔵のやつ、四十になっても五十になっても成長し続けるということですか」

「六十になっても七十になってもな」

蔦重が言い足した。

「歌麿だって四十を超えたくらいで、止まってしまったんだ」

「今は歌麿さんの方が上を行っているようですね」

「当たり前だろう。今の歌麿と鉄蔵では比較にならない」

「しかし、わたしではとうてい鉄蔵を扱い切れません。あの強情な男を扱えるのは、旦那様くらいのものですよ」

勇助の言葉を聞いて、蔦重が溜息をつく。

「鉄蔵のやつ、なんでも幟《のぼり》に鐘馗を描いて二両もらったんだそうだ。だが聞いてみると、どうやら小判二枚でもらったらしい。勇助、すまんがあのバカに、小判をどう両替すればいいのか教えてやってくれんか」

「承知いたしました」と、勇助は答える。鉄蔵と関わるのは御免だったが、蔦重の頼みとあらば従うしかない。

そうこうしているうちに、蔦重一行は芝居小屋に着いた。見物席に入る前に、楽屋でさる役者を訪ねる。吉原出身の蔦重だったが、さほど歌舞伎には関心を抱いておらず、役者を楽屋に訪ねることは珍しかった。蔦重が訪ねたのは、市川團十郎でも松本幸四郎でもなく、大谷鬼次《おおたにおにじ》だった。

蔦重は豪華な土産物と一緒に一枚の絵を携えていた。最初に写楽が描いた大谷鬼次の役者絵だ。姿を現した大谷鬼次に、蔦重は土産物を渡す。丁重に一礼した大谷鬼次へ、蔦重が見せたのは件の似顔絵だった。

「この絵のことはうかがっております」

蔦重の前で、その絵の悪口を言うことはなかった。この絵の版元が蔦重だと、当の大谷鬼次も知っているのだ。だが蔦重は未練がましく、その評判を聞こうとして、大谷鬼次の楽屋を訪ねたのではない。

「強烈ですな」

黒雲母摺りの大判に描かれた似顔絵を見て、大谷鬼次は腕組みをした。そんなことはわかっている、と言わんばかりに、絵に見入る大谷鬼次に、蔦重が強調したのは着物の裾から突き出た彼の両手だった。

おや、と大谷鬼次が首をひねる。他の絵も手の描き方が特徴的だが、奇形的ではない。ちゃんと指は五本だ。だが大谷鬼次の絵だけは、あたかも六本指のように描かれていた。しかし数えてみると指は五本なのだ。その手は何かをつかもうと宙に向かって開いている。

蔦重は大谷鬼次に手を見せてもらった。何の変哲もないふつうの手である。

「描かれたこの手、ひどく歪んでいますな」

――いまごろ気づいたのか。

大谷鬼次の返事を聞いて、蔦重は腹立たしさを覚えたが、それでも尋ねざるを得ない。

「なぜこの絵だけ手の形が変だと思いますか。この歪むほどの指がつかもうとしたのはなんだと思いますか」

思いもよらぬことを問われ、大谷鬼次は答えようがなかった。楽屋を出てから、蔦重はかぶりを振る。指定の見物席についた。

芝居小屋のかぶりつきには、各版元の遣わした浮世絵師たちが、役者たちの熱演を写し取ろうと、陣取っている。耕書堂を負かした歌川豊国もいたが、蔦重の表情が変わったのは、その中に斎藤十郎兵衛の顔を見つけたときだ。蔦重に気づいた斎藤十郎兵衛が、さりげなく席を立って姿を消す。

すぐに勇助も斎藤十郎兵衛に気づいたらしく、さりげなく蔦重の耳元へささやいた。

「跡を付けさせて、いまどこにいるのか突き止めます。もしかしたなら、あやつ、どこかの版元の回し者なのかもしれませんぜ」

阿州侯の大名屋敷にいないということは、その可能性が考えられる。周囲に気づかれないよう蔦重が勇助にうなずき返すと、三味線が鳴り芝居は始まった。

この不況の影響を、芝居興行は受けないのであろうか。天明《てんめい》の大飢饉《だいききん》の遺した爪痕《つめあと》はいまだ消えず、政権の主は田沼意次《たぬまおきつぐ》から松平定信《まつだいらさだのぶ》に代わった。

だが芝居興行も影響を受けないわけではない。東洲斎写楽が舞台上の大谷鬼次を描いたとされる『恋女房染分手綱《そめわけたづな》』を上演したのも河原崎座《かわらさきざ》である。河原崎座は森田座の控櫓《ひかえやぐら》である。本櫓の森田座の方は、とっくに経営破綻していた。

本櫓が経営破綻すると、控櫓が出てくる。そして控櫓も経営破綻すると、ほとぼりの冷めたのを見計らって、また本櫓が出てくるのだ。経営破綻したはずの本櫓は、此処で経営再建策を債権者に示す。これは「借金棒引き」のようなものだったが、それでも債権者は本櫓の提案を呑むのである。呑まなければ芝居興行で成り立っている芝居町は潰れてしまうし、歌舞伎を目の仇《かたき》にしていたはずの幕府も困ってしまうのだ。

幕府は芝居興行と役者たちの振る舞いを、風紀を乱すものとして、たびたび牽制《けんせい》してきた。だが牽制し規制すべき対象がなくなってしまっては、元も子もない。歌舞伎は江戸大衆の強い支持を受けており、幕府の歌舞伎統制は、江戸大衆の支配に通じていたのである。歌舞伎が消えてしまったら、いったいどうやって江戸大衆を支配するというのだ。

芝居見物中、ずっと蔦重は酒盃を離さない。蔦重が口にするのは、上方から運ばれた、まじりっけのない上等の清酒だけだ。肴《さかな》は一切口にしない。

澄み切った清酒を嗜《たしな》む蔦重の耳元に勇助のささやく声が聞こえた。

「わかりましたよ、あの御仁がどこに隠れていたのか」

酒盃を手にした蔦重の視線が、先ほどまで斎藤十郎兵衛のいたあたりへ向けられる。

勇助のささやき声が続く。

「下谷の佐竹侯の上屋敷です」

「そうか」

「なぜ江戸屋敷の主である朋誠堂さんは、知らせてくれなかったのでしょうね」

「江戸屋敷の主とはいえ、朋誠堂さんは佐竹侯に仕える秋田藩士だ。そうできなかった事情があるのだろう」

落ち着き払って応じた蔦重へ、険しい表情で勇助が言った。

「どうやらあの斎藤十郎兵衛殿、どこかの版元の回し者ではなさそうですな。もしどこかの版元の回し者だったなら、大名屋敷に出入りするなんぞ考えられませんから」

「うむ」

「なぜ、あの斎藤十郎兵衛殿、写楽の代理を引き受けて、絵を持ち込んだのでしょう」

「たぶんわたしも勇助も知らぬ事情だ。おそらく写楽が頼んだんだろう。蔦重に絵を見せてくれ、と」

一気に酒をあおって舞台に眼をやった蔦重の表情が、考え込むようになった。その横顔をうかがう勇助が首をかしげる。

偶然とは思えなかった。あの日、斎藤十郎兵衛が耕書堂に現れたことを。

勇助はとうに察していた。何者かが蔦重の周囲を探っていることに。

――もしかしたなら、口を塞ごうとしているのかもしれない。

蔦重のもとで貸本屋の修業をしていた勇助は、常に誰かを疑い、その疑惑の原因を突き止めようとしていた。

五

蔦重は己れの父が尾張《おわり》国出身だとは知っている。

だが、尾張国出身の父が、なぜ江戸の吉原に流れてきたのかは知らない。

――どうせ、まともな理由じゃない。

流れ者が尻軽娘を引っかけて生まれたのが蔦重だった。彼は七歳のとき、叔父の経営する引手《ひきて》茶屋の養子となる。引手茶屋は吉原遊郭に遊びに来る客と妓楼の仲介をするいかがわしい商売であり、叔父は蔦重に貸本屋をやらせて、上客である各藩の留守居役の秘密を探ろうとした。だが、そのおかげで蔦重は、後年に著名な版元になれるほど、きちんとした読み書きを覚えられたのである。

そんな生まれ育ちの蔦重は、幼少の頃から大人の顔色をうかがうのが巧みだった。剣豪は裂帛《れっぱく》の気合で機先を制すると言うが、蔦重は相手をそらさぬ笑顔で「コンニチハア」と挨拶するのである。しかも働き者として、汚れ仕事も率先してやった。妓楼の若い衆になれば、二階廻しを任され、養父から命じられた貸本屋も軌道に乗せた。四郎兵衛会所に詰めて面番所の奉行所連中ともうまくやれば、足抜けしようとする女郎は決して見逃さなかった。間もなくして吉原自警団の束ねを任されるようになった蔦重は快活に見えたが、彼は決して周囲の大人に便利使いされていることを忘れなかった。

吉原遊郭の大妓楼、扇屋《おうぎや》の主人から頼まれて、二階廻しをしていたのも、そんなころである。数多の女郎を抱える扇屋の頂点に立つのが花扇《はなおうぎ》という花魁だ。花扇は扇屋の看板花魁が代々襲名している名乗りであり、現在の四代目は扇屋の看板というだけでなく、吉原全体の頂点に立つ存在だった。

ゆえに扇屋には花扇目当ての客が押し寄せ、この人気に眼を付けた扇屋の主人は、花扇を指名した客を四人も五人も一度に取って、接待の場である扇屋の二階に送り込んだ。あとをうまくさばくのは、二階廻しの蔦重の仕事である。

花扇くらいの花魁になると、集った客の中で一番のお気に入りしか相手にしない。つまり花扇お気に入り以外の客は、高い揚代《あげだい》を取られたあげく、袖にされるのである。とうぜん待ちぼうけを食わされた客は怒る。中には刃物を振り回す者もいる。だから蔦重も鎖帷子を着ているのだが、客に面倒を起こさせないのが蔦重の仕事だ。蔦重は客の通された各部屋を回り、さも脈があるかのように振る舞い、花扇本人を連れてくるのである。一部屋で長居していると、「花魁、花魁」とささやき声で次の部屋へと導く。

枕を交わせずとも、花扇本人の顔を見て話すだけでも、客の怒りは鎮まるのである。実際は肩透かしを食わせているだけだが、うまく綱渡りしてやり過ごすのが、二階廻しとしての蔦重の仕事だった。他の役目をするため蔦重が扇屋を辞めるさいは、主人の宇右衛門《うえもん》は大変に惜しんだものだ。

当時の蔦重は、揚屋町の裏長屋に住んでいた。裏長屋の各部屋には鍵が掛からず、「きっぷのいいおかみさん」然とした長屋の住人が番をしていたが、表向き親しげに挨拶した蔦重は、まったくその番人を信用しておらず、土間に置かれた水甕《みずがめ》の蓋の向きが僅かに変わっていたことから、その番人が何をしていたのか察した。

吉原の外へ転居した蔦重だったが、決してその番人への疑惑を口にしない。金銭などの貴重品は長屋に置かず被害はない。その番人夫婦が吉原の住人である以上、下手を打てば逆に足を掬《すく》ってくるかもしれず、此処は事をやり過ごすのが得策だ。

そばの屋台を担いでいたころ、「あの男」に似顔絵を描いてもらったときと前後して、扇屋から注文が付いた。

花扇が蔦重に話があるというのだ。急いで扇屋に参じた蔦重に、花扇は媚《こび》を含んだ笑顔で言った。

「重さん、今度の道中、重さんに頼みたいんだけどね」

驚いたのは扇屋の主人、宇右衛門である。機嫌を取るように花扇をたしなめる。

「重さんはもううちの若い衆じゃないんだよ」

たちまち不機嫌になった花扇に気づき、すかさず蔦重は応じた。

「いいんですよ、扇屋さん。花扇さんの頼みとあれば、道中に従うくらい、何の雑作《ぞうさ》もありません」

安堵の面持ちに変わった宇右衛門に対して、さも当然のような顔で花扇は続ける。

「じゃあ、明日の酉《とり》の刻ちょうどにうちの店の前で」

「承知いたしました」

一礼した蔦重は、刻限通りに扇屋の店頭に出向く。他の若い衆はすでに待機しており、間もなくして見事に着飾った花扇が姿を現す。その花扇を出迎えた蔦重が、頭の先から足の先までほめそやす。

「見事な御髪《おぐし》といい、艶《あで》やかな御足元といい、いつもながら抜きん出た美しさにおわす、花魁。花が咲いたようとは、まさにこのこと、この蔦重、つたない感服の辞のほかは言葉も見つかりません」

蔦重の賛辞を当たり前のように聞いた花扇が、右手を蔦重の肩に預ける。恭しく肩を貸した蔦重が、他の若い衆より錫杖《しやくじよう》を受け取った。

道中とは現在の花魁道中のことだが、当時の道中に従う若い衆には警固の意識が強いせいか、みな錫杖を持っている。錫杖は法具だが、別に仕込み杖でなくとも武器になった。

常に鎖帷子を着用しなければならない蔦重には体術も必要で、その彼が興味を抱いたのは歌舞伎の「トンボ」だ。これは攻撃にも防御にも応用できると踏んだ蔦重は、若手の歌舞伎役者に交《ま》じって「トンボ」も学んだ。「トンボ」は素手でなければならないときに加えて、錫杖を握ったさいには棒術としても使える。

蔦重には華があった。花扇の道中に従っていても、供の若い衆の中で、ずば抜けた存在だった。そんな蔦重に花扇も一目置いたらしい。これから上客を迎えに行く道中で、こうささやいた。

「重さん、今度は夜明けまで一緒に過ごしてくれないかね」

つまり蔦重と寝たい、ということだ。蔦重は花街の女の手練手管《てれんてくだ》には慣れている。

だが相手は吉原一の花扇だ。対応をあやまると身を滅ぼしかねない。すでに道中に従う他の若い衆は聞き耳を立てていた。

「うれしいですよ。花扇さんとねんごろになれるのなら」

蔦重は熱っぽい眼ざしで、すぐ間近にある花扇の顔を見つめてみせたが、彼はトクと見れば、吉原一の花扇どころか、彼女の遣手婆《やりてばば》とだって寝る。

蔦重は聞き耳を立てている他の若い衆を意識して言った。

「天下の花扇さんを抱くんだ。この蔦重、しがない一介の若い衆に過ぎませんが、この名誉に相応するお支払は致しますよ」

「水臭いじゃないか。重さん。揚代の心配なんてしなくていいよ」

そう花扇から言われ、蔦重は感激の面持ちになったものの、その返答は扇屋の主人である宇右衛門に向けられていた。いま聞き耳を立てている若い衆は、みな扇屋の雇われ人だからだ。

「花扇さんにそう言っていただけるとは、男冥利《みょうり》に尽きるというものだ。でもおれも吉原の者、掟《おきて》は守りますよ」

蔦重はさわやかに告げてみせる。これを聞いて、供の若い衆から笑いさざめきが涌いたが、肝心の花扇は少し不快げに眉に皺《しわ》を寄せた。

だが蔦重は、それを見て見ぬふりをして、表情を変えない。花扇への親しげな微笑が揺らぐことはなかった。

――相対死《あいたいじに》（心中）の相手に選ばれちゃかなわない。

その蔦重の内心を、花扇に読まれたのかもしれない。だが蔦重の方も、花扇の矜持《きょうじ》を傷つけずに、己れの内心を伝えたかったのだ。

花扇はいつも言っている。金じゃない、と、これを聞くと、いい娘そうに思えるが、花扇が要求しているのは、相手の命である。だから「金じゃない」なのだ。

生まれつき人の心を巧みに読む蔦重は、吉原に生まれ育ったせいか、花扇の本質をも見抜いていた。こういう女もいる、と。蔦重は花扇から「金じゃない」と言われ、有頂天になる人間ではない。それが花扇にも伝わったせいか、これ以上二人が親しくなることはなかった。

六

こうして吉原で一端《いっぱし》の若い衆となった蔦重に、ある機会が訪れた。『吉原細見』である。『吉原細見』は、大手版元の鱗形屋《うろこがたや》が出版を独占していたが、その売れ行きは不振で赤字を出すようになっていた。鱗形屋の主人、孫兵衛《まごべえ》は『吉原細見』の出版を止めたがっていたものの、『吉原細見』を止めれば、巨大市場である吉原遊郭の支持を失ってしまう。そこで眼を付けたのが、貸本屋も営む「素人ではない」蔦重だった。もし失敗すれば、全ての責任を蔦重に負わせて、『吉原細見』から手を引く理由ができるというわけだ。

話を持ち込まれた蔦重は、そもそも『吉原細見』の読者対象が間違っていると感じた。まるで吉原の通人《つうじん》が読むような構成なのである。『吉原細見』に書かれていることなど全て知っている通人が、『吉原細見』など読むわけがないのだ。需要があるのは、興味はあるのに吉原をよく知らない人たちだ。ところがそんな人たちに『吉原細見』はやさしくない。とにかく読みにくいのだ。ミミズののたくるような小さな文字が、頁の右から左へと飛ぶので、慣れていない者には、さっぱり内容がつかめない。素人に不親切だった。

蔦重は構成を大幅に変え頁数も落として（使う紙を節約する）定価を下げ、以前のものとは比較にならぬほど、素人にも読みやすくした。だがすっかり不評が板についてしまった『吉原細見』は、それだけで急に売れるようにはならない。目玉が必要だった。

蔦重には、あまり時間がなかった。手っ取り早くやらなければならない。手っ取り早いのは、チラ見しただけで読者の眼に止まるよう、序文に有名人を持ってくることだ。

平賀源内《ひらがげんない》がいい、と蔦重は眼を付けた。

引手茶屋の養子となった蔦重は、吉原に伝手《つて》ができた。絵師の北尾重政《きたおしげまさ》しかり、戯作者の朋誠堂喜三二（平沢常富）しかり。この朋誠堂喜三二は平賀源内の弟子であり、しかも蔦重は源内と顔見知りだった。トンボを勧めてくれたのも源内である。

平賀源内は男色家であり、『陰間《かげま》細見』を出したいのを、蔦重は知っていた。どこを押せば序文を引き受けさせられるか知っていたのである。

こうして平賀源内の序文が載った、まったく新しい構成で定価も下がった『吉原細見』が、鱗形屋から出版された。蔦重はこの新しい『吉原細見』を、吉原遊郭の内よりも、大門前に店を開いた自分の貸本屋に多く置いた。これから大門を潜って吉原遊びを始めようとしている連中、そして大門のところで引き返してしまう連中、さらには端から中で遊ぶ気はなく故郷への土産物を探している連中――これらの人々が購入しやすくしたのだ。

さらに貸本屋を手伝っている勇助が引っ張ってきた鉄蔵が器用なのを知って、彼に本袋を依頼した。貸本屋としては役に立たない鉄蔵だったが、こういうことはうまい。気の利いた鉄蔵の本袋は好評で、『吉原細見』の売り上げはさらに伸びた。勇助から聞いたところによると、鉄蔵にその技術を仕込んだのは、古澤籐兵衛という彫師だという。その名も蔦重は、しっかり心にとめておいた。

新しい『吉原細見』は以前の不振を一掃する売り上げを見せたが、いまだ版権は鱗形屋に握られたままだ。そこで蔦重は『一目千本《ひとめせんぼん》』を企画した。これは妓楼の女を花に譬《たと》えたもので、前に出した『吉原細見』と違って、通人だけを対象にした非売品だ。これならば出版権のない蔦重でも出せる。

上客にだけ配る非売品だが、絵師は当代一の北尾重政だった。

蔦重は北尾重政への画料を、彼の信用を得るため、全て前金で支払った。『吉原細見』を売って儲けた金を、全て吐き出したのである。その北尾重政に描かせる『一目千本』を出す資金はどうするかというと、前の『吉原細見』の宣伝効果を認めてくれた妓楼から募った出資金を充てた。もっとも、一番高額の出資金を出したのは、恩を売ることに成功していた扇屋である。また引手茶屋を営んでいた養父を巻き込み、彼が付き合いのある妓楼に声をかけてくれたのも役立った。

おかげで『一目千本』は、これを持つことが通人の勲章のようになったため、出資者には不自由しなくなった。蔦重が手掛けた『吉原細見』の好評と相俟《あいま》って、ようやく鱗形屋から版権を手に入れたのである。版権を手に入れた蔦重は、『一目千本』の評判が落ち着くのを待って、花魁名と妓楼名を削り落として、今度は北尾重政の絵手本帳として売り出した。あらかじめ花魁名と妓楼名を削るのを見越して彫ってもらったのは、鉄蔵を仕込んだとされる古澤籐兵衛だ。

こうして人口に膾炙《かいしゃ》するようになった『吉原細見』は、世間での知名度も高くなっていったが、その世間での評判はというと、決して芳しくはなかった。とくに年頃《としごろ》の息子を持つ善男善女たちから「息子を堕落《だらく》させる稀代の悪書だ」と、散々な言われようだったのである。

だが彼らの話を聞いていると、蔦重は噴き出しそうだった。ある母親は血相を変えて訴えるのである。

——息子は勉強しているふりをして、『論語』の下に『吉原細見』を隠しているんですよ。

これを聞いて「知らんがな」などと言い返してはいけない。今後の『吉原細見』の売れ行きのためにも、しおらしい表情でその母親の繰《く》り言《ごと》に耳を傾けていなければならない。

蔦重が聞いた話で一番おかしかったのは、さるドラ息子は『吉原細見』のせいで吉原狂いになり、親の金を使い込んで勘当になったという。干鰯船《ほしかぶね》に乗せられ「大変だ」と思いきや、その息子は「酒のつまみには生の鰯《いわし》を焼いた方がいい」と、ご機嫌にのたまった挙句、勘当を許されて帰宅すると、干鰯船に乗せられている間、丹念に『吉原細見』を熟読玩味《がんみ》していたらしく、めでたく『吉原細見』を卒業して吉原で遊びだしたという。だがもう親の金をくすねる必要はない。なぜなら、そのドラ息子が親の跡を取って主人となったからだ。

この話を聞いた蔦重は、笑いをこらえて「ドラ、あ、いや、息子さんにはもう『吉原細見』など要らないようです」と答えるしかなかった。

七

そんな蔦重が飛躍したのは、老舗の鱗形屋が解散したときである。鱗形屋が潰れると同時に、朋誠堂喜三二と恋川春町《こいかわはるまち》という鱗形屋の黄金コンビを、蔦重は自分の店に吸収してしまった。鱗形屋解散のきっかけは後ろ暗く、しかも蔦重も一枚噛んでいるという噂があった。

ある大名家の用人が、主家に無断でその家宝を売り払った横領事件のおりだ。その横領事件の主犯である用人が、盗品を持ち込む先を鱗形屋の主人孫兵衛に相談し、孫兵衛は蔦重に尋ねたという。鱗形屋孫兵衛は、依頼品が盗品だとは知らなかったと言い逃れできそうだが、その道を塞いだのが蔦重の証言だった。彼は用人から鱗形屋孫兵衛に多額の謝礼が渡ったと証言したらしい。たぶん用人は札差《ふださし》のような質屋を希望していたのだと思われるが、札差は決して危ない品は受け取らない。危なくとも価値があれば引き受けるのは故買屋《こばいや》のような質屋であり、双方とも吉原の上客であったため区別がつきにくいが、どうして蔦重に見分けがつかないということがあろうか。その故買にも手を出す質屋から秘密を聞きだすことも、蔦重ならば容易なように思われる。

鱗形屋孫兵衛は蔦屋重三郎に陥れられたと信じており、蔦重の方も決して鱗形屋に好意を持っていなかった。

——おれは鱗形屋さんに一文の借りもない。

これは勇助もよく聞いた、蔦重の口癖《くちぐせ》である。鱗形屋が放り出そうとした『吉原細見』を立て直したのは蔦重であり、鱗形屋は見て見ぬふりをしていただけだ。鱗形屋孫兵衛は『吉原細見』が再び利益を上げだすと、がめつくその分け前を要求し、『吉原細見』の事実上の出版者が蔦重であるにもかかわらず、なかなかその版権を渡そうとはしなかった。相当に吹っかけたらしい、鱗形屋は蔦重へ。

おそらく身辺に不穏なことが起き始めてからのことだろうが、思い出したように蔦重が問うてきた。

「確か鱗形屋は自身で『吉原細見』をつくらず、誰かに任せていたはずだな」

「木《き》村《むら》屋《や》善八《ぜんはち》という者だったようです」

そう勇助が答えると、蔦重はせっつくように聞き返してきた。

「勇助は、その木村屋善八に会ったことがあるか」

「いいえ、旦那様は」

「ないよ。その木村屋某《なにがし》なる名も、いま初めて聞いた。たぶん木村屋善八は鱗形屋孫兵衛の子分だったんだろう」

『吉原細見』を請け負っていた木村屋は、各妓楼に使いを遣わしていたらしく、妓楼主の中にも、木村屋の顔を見た者はいない。いや、会った者もいたようだが、妓楼は移り変わりが激しいせいか、いまも吉原で営業を続ける楼主の中にはいなかった。

「木村屋の使いだった者なら、わかっているのが一人いますよ」

これを聞いた蔦重が食いついてくる。

「誰だ、それは」

「鉄蔵です」

勇助の返事を聞いて、蔦重は思わず苦笑した。

「あいつ、どこにでも出てくるな」

さっそく鉄蔵を呼んで問いただしたところ、鉄蔵はがっかりする答えを、面倒臭そうに言った。

「ああ、あいつ木村屋善八っていうんですか。おれ、駄賃をもらっただけで、あいつには会ってません。その代わり、鱗形屋孫兵衛の顔なら知ってますぜ」

「鱗形屋の顔なら、わざわざ鉄蔵に教えてもらうまでもない」

溜息まじりに蔦重が応じる。勇助に向き直って尋ねた。

「ところで鱗形屋は、いまどこにいるかわかるか」

「いえ、例の件で江戸所払《ところばら》いとなったあとは行方知れずです」

たとえ「逆恨み」であろうと、鱗形屋孫兵衛の恨みをかった可能性があると、蔦重は考えているようである。その蔦重へ、鉄蔵が物騒なことを言い放った。

「鱗形屋さんに、蔦重さんを消す根性をつけさせたのは、何者なんでしょうね」

これを無視して蔦重が鉄蔵に尋ねる。

「駄賃をくれた相手の顔も鉄蔵は知らんのか」

「ええと、確か」

鉄蔵は腕組みして考え込む。しばらくたってから勢いよく言った。

「一度か二度、会った気がします。むかしのことなんで、ちっとも憶えていないんですけどね」

ふつうこういうときは首をかしげてみたり、言葉を濁してみたりするものだが、あくまで鉄蔵は言語明瞭に堂々と答えた。

蔦重の方が、代わりに首を仕方なさそうに振る。「もう、いいぞ」と、力なく告げた。

八

身辺に不穏なことが起きる以前の蔦重は、鱗形屋の解散に乗じて台頭してきた、若い出版人だった。鱗形屋の看板であった朋誠堂喜三二と恋川春町を二人ながら手に入れたわけだが、二人を手に入れるにあたっては、それなりの苦労もあった。

二人のうち、とくに留意すべきは朋誠堂喜三二であった。朋誠堂喜三二さえ移籍を承諾させられれば、恋川春町の方はこれに付いてくる。

蔦重と朋誠堂喜三二とは吉原の顔なじみである。だが蔦重は吉原の縁に頼らなかった。売り込んだのは貸本屋としての情報力だった。佐竹侯（秋田藩主）の留守居役筆頭でもある朋誠堂喜三二（平沢常富）が、なにより欲していたものだ。

留守居役の務めの第一は、幕府の手伝い普請を回避することである。そのためには老中をはじめとする幕閣を吉原でもてなすだけでなく、各藩から上がってくる情報に眼を配る必要があった。これにしくじると大変なことになってしまう。宝暦治水《ほうれきちすい》を命じられた薩摩《さつま》藩が良い例だ。宝暦治水のせいで、財政は傾き工事責任者の家老が切腹するなど、薩摩藩は散々な目に遭った。

貸本屋としての情報力を提供する条件で、朋誠堂喜三二は移籍を承知した。朋誠堂喜三二に接近すれば彼の黄表紙（当時人気のあった娯楽本の一種で、世相を皮肉っているのが特徴）を出版できるだけでなく、狂歌会にも顔を出して狂歌師たちとも顔見知りとなり、絵師の北尾重政との縁も深まった。

すでに『一目千本』で信頼関係を結んでいた北尾重政は市井《しせい》の絵師であり、秋田藩留守居役の朋誠堂喜三二ほど、背景に気を遣う必要はない。北尾重政は気さくに弟子を紹介してくれ、その一人が喜多川歌麿だった。

紹介される以前から、喜多川歌麿には眼を付けていた。蔦重は狂歌会で詠まれる歌を出版してやろうとたくらんでおり、その挿絵を歌麿に描かせたいと考えていたのだ。狂歌本の挿絵というと狂歌が中心だと勘違いするが、頁のど真ん中に大きく描かれていたのは歌麿の挿絵の方だ。

風景を描けば風の匂いが感じられそうだし、生物を描けば紙の頁から飛び出してきそうだった。

九

大手版元が軒を連ねる日本橋通油町に進出したころ、蔦重は歌麿を食客として引き取ったうえ、吉原で好き放題に遊ばせ、吉原の「大文字屋」楼主が主宰する吉原連という狂歌会にも名を連ねさせた。かつての師匠の北尾重政が案じるほどの甘やかしぶりだったが、蔦重は歌麿を美人絵で売り出したいと狙っていたのだ。

狂歌本の挿絵など、ほんの小手調べに過ぎない——そう考えていたのは、蔦重だけではあるまい。歌麿本人の自負でもあっただろう。

歌麿は女好きだった。それはもう辟易《へきえき》するくらいに。だが蔦重は歌麿の女への執念が、絵に乗り移ると見抜いていた。その頃から番頭だった勇助は、いつも二人の傍にいたが、いつもながら蔦重の慧眼《けいがん》には驚かされる。

当時から蔦重は、大変に目端が利いた。あれは浅間山《あさまやま》の大噴火が起きた年だ。噴出した火山灰で江戸の空まで暗く翳り、前年から打ち続く天候不順の影響が、天明の大飢饉を予期させていた。行き交う人々の表情は暗く、どこへ行っても不吉な貧乏神が徘徊しているようだった。

そんななか、異様な活気に満ちていたのは、吉原に近い千住宿《せんじゅじゅく》だ。雲集しているのは各妓楼と契約している女衒《ぜげん》の一団だったが、これから奥羽へと旅立つ彼らの顔は、どれも欲の皮が突っ張っていたが、市中では見られぬほどに生き生きとしていた。

その女衒集団の真ん中にいたのが蔦重である。陸奥出羽《むつでわ》に赴かない彼が、情報通として女衒たちに注意を与えていたのである。

「よろしいですか」

一身に女衒たちの視線を集めた蔦重が、凛々と声を響かせる。

「もし現地が打ちこわしの真っ最中だったなら、焦らず待つのです。決して娘を買うなどと言ってはいけません。打ちこわしをする元気がある者に、そんなことを言えば、怒った娘の親たちから袋叩きにされるのが落ちです。いいですか、地逃げが始まるまで待つのです。地逃げが始まれば、あとは簡単です。皆さんの言い値で娘を売るようになります。此処で注意点です。決して買い叩きはしないこと。もし買い叩けば、次に行くときの皆さんの評判が悪くなりますよ。いい娘を買い損ねます。もしこれはという娘がいれば、良心的な値段を付けることです。いい娘を買えるかどうかは、皆さんの眼力しだい。たいていの娘たちは、ろくに飯も食えずに痩せ細り、ちゃんと風呂に入っていないせいで薄汚れています。痩せ細って薄汚れた娘たちのどれが、飯を食わせて風呂に入れれば見違えるか見抜かねばなりません」

蔦重の周りに集まった女衒たちは一斉にうなずく。うなずき返した蔦重が付け加えた。

「ああ、それから、念のために言っておきますが、決して現地の田んぼに入ってはいけません。稲があった場合、青立ちなのか、ちゃんと実が入っているのか調べた方が事前に現地を知るうえで役立つと考えるらしいですが、そんなまぎらわしいことをすれば、稲を盗むつもりだと誤解されて殺されます。飢えた百姓は、こっちの博徒《ばくと》より怖いですよ。いいですか、このことを肝に銘じておいてください」

博徒まがいの者もいる女衒たちが神妙にうなずく。

「ほかに訊いておきたいことはありますか」

蔦重が女衒たちの顔を見回すと、中の一人が問う。

「現地の者から、渡した金の両替について尋ねられたらどうしますか。現地は相当な混乱が予期されますが、ちゃんと機能している両替屋はありますか」

「お尋ねは小判を渡した場合と考えてよろしいですか」

蔦重が問い返すと、その女衒はうなずいてみせる。

「間違いないのは、秋田領の松坂屋《まつざかや》です。他にもあるかもしれませんが、いまここで間違いないと断言できるのは松坂屋だけです」

松坂屋については、朋誠堂喜三二からの情報である。秋田藩留守居役筆頭たる朋誠堂喜三二（平沢常富）の書付があれば、これらの女衒たちも簡単に目的地まで行けるが、朋誠堂喜三二が彼らに書付を与えたことが幕府に知られた場合に備え、蔦重は決して朋誠堂喜三二に書付を求めなかった。

天明の大飢饉の余波は、その五年後に江戸にも来た。米価の暴騰《ぼうとう》によって大規模な打ちこわしが発生したのである。すでに蔦重は日本橋通油町に店を構えていたが、吉原大門前の貸本屋を閉めたわけではなかった。貸本稼業は朋誠堂喜三二との取引をもたらした蔦重の根幹であり、江戸大衆の嗜好《しこう》を肌で感じさせてくれた。蔦重の慧眼を磨かせてくれたのは、好みの本を持っていかねばならない貸本稼業だったといえる。

しかも蔦重の看板である『吉原細見』を売るには、やはり吉原大門の前でなければならなかった。

通油町に進出したあとも、蔦重の地元は吉原である。江戸で打ちこわしが発生しそうだと知った蔦重が訪ねたのは、かつて吉原の四郎兵衛会所に詰めていたとき、向かいの面番所に詰めていた隠密廻同心の下役だった但馬屋《たじまや》である。但馬屋はかつて干鰯《ほしか》を江戸市中に卸す稼業をしていたが、いまは吉原遊郭が出すミカジメ料で一家を賄っている地廻りだ。遊郭内の若い衆だけで強力な自警団を組織できる吉原だったが、今度のような場合に備えて但馬屋のごとき存在は必要なのである。

蔦重が新たに店を構えた通油町には、同業の地本問屋が軒を連ねていたものの、遠くない場所に米河岸《こめがし》があり、米問屋がひしめいていた。米問屋こそが打ちこわしの標的であり、その巻き添えを食わないために、但馬屋を訪ねたのだ。

打ちこわしは決して自然発生的に起きるものではない。指揮する無頼漢《ぶらいかん》が必ずいる。むろん見物の野次馬がなだれ込んで収拾がつかなくなってしまう場合もあるが、たいていは事前に仕組まれた通りに進行する。

打ちこわしを裏から操るのは但馬屋のような連中で、彼らが指揮役として招き寄せるのは、江戸町奉行の支配権が及ばない関東各地の博徒集団である。かつて干鰯の商売で関東各地を回っていた但馬屋は、そういった連中に顔が利く。そのことをしっかり把握していた蔦重は、地本問屋が巻き添えを食わぬよう但馬屋に頼んだ。

「いいですよ」

と、但馬屋は蔦重が差し出す謝礼を懐に入れながら応じる。肥満した但馬屋は、大《だい》童山《どうざん》（江戸相撲の人気力士）のように愛嬌たっぷりの笑顔で続けた。

「米問屋を打ち壊すな、じゃ話になりやせんが、本屋さんたちがとばっちりを受けないよう計らってくれ、との頼みならお安い御用だ」

蔦重は決して肥満した但馬屋の愛嬌に気を許したわけではない。請け負った以上、但馬屋も知らんふりはできなかった。ここで蔦重を騙そうものなら、大事な金蔓《かねづる》の吉原を失うことになる。莫大な金が落ちる吉原を縄張りにしたい博徒は多く、但馬屋も厳しい競争に晒《さら》されていたのだ。

蔦重が但馬屋に渡した謝礼は、周辺の地本問屋から集めたもので、自分の懐はまったく痛んでいない。通油町に顔を揃えた地本問屋たちの中に、蔦重より打ちこわしに有効な手を打てる者はおらず、蔦重が頼みの綱だった。おかげで蔦重は新顔であるにもかかわらず、周りの老舗地本問屋たちから嫌がらせを受けなかっただけでなく、此処に軒を連ねる地本問屋たちの顔になっていった。

こうして他の地本問屋と肩を並べるようになっていった蔦重は、狂歌本を出してさらに知られる存在となる。挿絵の喜多川歌麿を売り出すのは想定通りだったが、意外にも有象無象の狂歌師たちに足を引っ張られた。

蜀山人《しょくさんじん》（太田南畝《おおたなんぽ》）のような大物に気を配っていればいいというものではない。とにかく誰もかれも向いている方向が全然違うのだ。もし蔦重の足を引っ張るつもりなら、いくらも対策が取れただろうが、この連中はただ自分の我を通すことだけが目的なのである。

おまけに可愛げがない。蔦重は狂歌の会をお膳立てし、出席者の会費も自腹で払ってきた。にもかかわらず出席の狂歌師の中に蔦重がいるのが不満で、蔦重に面と向かって「おまえ、出るな」と言う者までいた。

だが蔦重はそんなときでも腹を立てたりしない。「おまえの会費を残らず払ってやっているのは、どこの誰だと思っていやがる」などと言い返したりはしない。一人一人の狂歌師の言い分をじっくり聞くのである。もしその狂歌師が、経験の少ない蔦重の出席が気にくわないでそう言っているなら、「吉原の高級料亭を使うのは蜀山人先生（狂歌会の中心人物）の御意向であり、その席に間違いが起きぬようわたしが末席を汚しております」と、へりくだってみせるのである。

もし他の出席者と諍《いさか》いがあるのなら、その諍いの種を聞きだし、もし座順に不満があるなら、狂歌本にその狂歌師の歌を載せるさい、そのやり方を変えて宥《なだ》めるなどした。

当時、呆れたように勇助が蔦重に言ったものである。「旦那様はびっくりするほど辛抱強くていらっしゃいますな」と。

すでに挿絵を描くと決まっていた喜多川歌麿も、大いに蔦重を気の毒がった。

「兄さん（当時、歌麿はそう蔦重を呼んでいた）を困らせてまで、おれは挿絵をやろうとは思いませんよ」

だが勇助に対しても喜多川歌麿に対しても、蔦重は弱気な顔を見せなかった。そして狂歌本の出版に漕ぎ着け、大当たりをとってみせたのである。

蔦重の仕事は養家の引手茶屋をも潤す。遊客と大手妓楼との仲介をしていた引手茶屋は、客の揚代等を立て替える場合が多く、立て替えた代金を支払わない客が出てくる危険があった。もし食い逃げの客が出たとき、引手茶屋は但馬屋のような連中に半額くらいで債権（客の未払い代金）を売るしかない。だが蔦重ならば絶対に取りっぱぐれがなく、安心して商売ができた。『一目千本』を出したさい、養父の引手茶屋が付き合いのある妓楼に声をかけてくれたのも、蔦重と組めば儲かるからだろう。

蔦重は歌麿の出す美人絵で、江戸でも抜きん出た評判を取ったが、おかげで幕府に眼を付けられることとなる。転機となったのは、江戸幕府で生まれた新たな政権だ。松平定信の登場である。新たな政権を生んだのは、例の江戸打ちこわしだった。これによって田沼意次の政権は完全に倒れてしまう。

十

以前からの両派の権力闘争に決着をつけたのが、江戸の打ちこわしである。打ちこわしを実際にやったのは、但馬屋のような連中と江戸の細民だ。だが、これによって江戸には数日の無政府状態が生まれ、その責任を田沼意次は問われた。

田沼政権は江戸の治安を守るのに失敗した。これは致命的だ。源《みなもとの》頼朝《よりとも》が鎌倉に開府したときから、天下の治安を守るために武家は存在したのだ。商業を重視するとか農業を重視するとかは、天下の治安を守るという大義を前にすれば吹っ飛んでしまう。江戸幕府の頂点はいまも源頼朝と同じ征夷《せいい》大将軍であり、徳川将軍にとって源頼朝こそが氏神だった。天下の治安を守れてこその武家政権なのである。征夷大将軍なのである。

幕府の面目を潰した田沼意次が、どうして政権の座に留まっていられようか。新たに政権の主となった松平定信は、前者の轍《てつ》を踏むまいと、厳しい弾圧政治を行った。蔦重が食ったのは、そのとばっちりである。

蔦重は目立つ存在だった。鱗形屋の解散に乗じて黄表紙を出し、これに成功すると今度は狂歌本を出し、さらには歌麿の美人絵まで派手に出したりした。どれも質実剛健とは程遠く、松平定信の「寛政の改革」とは相容れぬものだった。

だから蔦重が出版した山東京伝《さんとうきょうでん》の戯作が「風紀を乱す」として取り締まられ、作者の京伝が手鎖《てぐさり》五十日、版元の蔦重が罰金刑を食らったのである。

だがこんなときにも蔦重はしたたかだった。彼が訪ねたのは吉原大門の面番所である。面番所には二名の隠密廻同心が詰めているのを、向かいの四郎兵衛会所で足抜け女郎の見張りをしていたときから知っている。

面番所に詰めていた二名の隠密廻のうち、一人はまだ若く、お歯黒どぶ（吉原遊郭を囲む堀）に女郎の死体が浮いたときなど、穏便に済ますよう計らってくれたのも、この若い隠密廻である。

だが蔦重が眼を付けたのは、いま一人の老いた隠密廻である。この隠密廻は六十を超えた老人で、いつも面番所でうたた寝をしているため、吉原の者にも軽く見られており、若い衆の中には「うちは姥捨《うばすて》山じゃねぇぞ。ああ、あいつはジジイだから『姥捨て』はヘンだろうが、あんな役立たずのジジイを寄越すなんぞ、公儀も何を考えているんだ」などと憎まれ口を叩く輩もいた。

蔦重も他の者に倣《なら》って、若い方の隠密廻にご機嫌伺いしてきたが、彼はその間も決してうたた寝する隠密廻の老人から眼を離さなかった。そして馴染みのある四郎兵衛会所で向かいの見番所をうかがい、若い隠密廻の不在を見計らって、うたた寝の隠密廻のもとへ忍び寄り声をかけた。

「旦那、蔦重です。少しうかがいたいことがあります」

そのうたた寝顔から眼を離さず、四郎兵衛会所から見えぬよう、蔦重は二十五両包みを相手の懐に入れた。何が懐に入ったのかわからぬような顔をして、その隠密廻は片目だけを開いて蔦重を見た。大きく欠伸をした隠密廻が、とぼけた顔で先回りして問う。

「蔦重、わいの年の稼ぎは三両ほどか？」

さすがの蔦重もびっくりして相手の顔をまじまじと見つめる。そんな少ないわけがなかったが、その隠密廻の顔に書いてあった。おれの言う通りに返事しろ——と。すかさず蔦重は答える。

「そんなものだと思います」

するとその隠密廻は満足げにうなずいてみせた。

「御奉行様にもそのように申し上げておく」

蔦重が表情を変えずにほくそ笑む。蔦重の探索に間違いはなかった。江戸の町政の頂点に立つ町奉行に必要なことを耳に入れるのは、定廻《じょうまわり》の経験が長く江戸の市井を知り尽くした、この年老いた隠密廻なのだ。

こうして蔦重はなんとか「寛政の改革」をまともに食らうのを避けたが、なおも危機は続いていた。身辺で不審なことが起き出したのもこの頃であり、公儀の手先の仕業を疑った蔦重は、お詫《わ》び広告を出して、そのなかで自分の似顔絵に平身低頭させてみせたりした。また例の隠密廻の勧めもあって、北町奉行の小田切土佐守《おだぎりとさのかみ》に願書を提出し、お詫びの姿勢が嘘ではないと示すため、地本問屋仲間で月行事を決めて、「寛政の改革」に違反する本を自発的に取り締まると申し出た。出版物に関する訴訟を扱うのは北町奉行所である。

蔦重は己れの卑屈《ひくつ》さを恥じなかった。

――どう考えても公儀に勝ち目はない。

「寛政の改革」とそれを推進する松平定信は嫌いだった。嫌いだったが、自力で制御できぬ以上、これとうまくやっていくしかなかった。

公儀にへいこらして見えてきたものがある。

——公儀の線は薄い。

もし公儀が本気ならば、こそこそと蔦重の周辺を探ったりしない。そしてあの隠密廻。彼はとんでもないタヌキだが、もし公儀に何かあれば、彼にも何らかの変化が出るはずだ。

もっと強い関心——いや害心——を感じる。危険を冒して家宅にまで侵入するほどの。

——おれに恨みのあるやつ。

真っ先に思い浮かぶのは鱗形屋孫兵衛である。鱗形屋は蔦重のせいで解散の憂き目を見た——いや、蔦重から見れば、鱗形屋の自業自得だが、鱗形屋はそうは考えまい。飼い犬に手を噛まれた、と恨んでいるかもしれない。ふざけるな、と蔦重は言い返したい。

——『吉原細見』が持ち直したのは、おれのおかげだ。あんた（鱗形屋孫兵衛）は何もしちゃいない。銭だって一文も出さなかった。駆け出しの若造だったおれが、全てを背負ったんだ。なのにあんたは『吉原細見』が持ち直すと、今度は版権が自分にあることを主張しだした。もし『一目千本』で吉原遊郭の主だった連中の支持や、北尾重政の口添えがなければ、あんたは『吉原細見』の版権を寄越さないつもりだったんだろう。そんなあんたのしでかした悪事を、どうしておれが庇《かば》う必要があるんだい。そりゃ鱗形屋が潰れれば、うちが鱗形屋の花形だった黄表紙をそっくりいただける、と踏んでいたさ。鱗形屋潰れろ、と祈っていたよ。だからおれはあんたが尻尾を出すのを待っていたんだ。尻尾を出す方が悪い。そう思わねぇかい。思わねぇんだろうな、あんたは。

幾度も繰り返された鱗形屋への憎悪を、蔦重は不意に止めた。思い出したのである、あのことを。

――あいつなら、おれへの恨みも鱗形屋より深いかもしれんな。

だが、鱗形屋への憎悪と違って、それは蔦重の心にだけあった。鱗形屋ならば堂々と言い返せる。世間に向かっても。鱗形屋孫兵衛が蔦重を恨んでいることは、勇助が知っている。他にも気づいている者がいるかもしれない。だが、あの件は違う。誰も知らない。古い記憶が口を開けて、顔をのぞかせる。泣きじゃくる少年、「僕はやっていません」と叫ぶ必死の訴え。

今でも憶えているのは蔦重ひとりだ。

もし「あの恨み」ならば幽霊《ゆうれい》の仕業か。

――まさかね。

現実的な蔦重は鼻で嗤《わら》う。

生きている者だけが、蔦重の自室にも侵入できる。

――死んでしまって足のない幽霊には何もできない。

鱗形屋ならば、蔦重が公儀の見せしめになったことを利用するに違いない、と睨んでいたのだが、その形跡はない。例の隠密廻の周囲を探っていれば、必ずその形跡が出てくるはずだと考えていたのに、何も出てこない。

おかしいな、と何者かが侵入したのが明らかな自室で、蔦重は首をかしげる。出入口になっている障子の桟《さん》に目立たないよう白い粉を塗布しておいたのだが、そこに指の跡がくっきりと残っていたのだ。まだ裏長屋に住んでいた時分に、しばしばこの方法を試した。

蔦重は障子の桟に残った証拠に眼を細める。蔦重の仕掛けた罠《わな》に侵入者が気づいたか気づいていないか見極めなくてはならない。ちょっと迷った後に、蔦重は桟に残った証拠を拭い去った。もし今後、侵入した者があるか否かを確かめる必要ができたなら、別の方法を施すつもりだ。

自室に入って、注意深く調度類をあらためる。

「どうやら空き巣のやつ、手ぶらで引き下がらざるを得なかったらしいな」

そうつぶやいたとき、表で蔦重に呼びかける勇助の声が聞こえた。

「旦那様、夕餉《ゆうげ》をお持ちいたしました」

勇助は蔦重の命令で主人の食事を運んでいる。いま勇助は夕餉と言ったが、朝餉も昼餉も夕餉と同じ物だった。

上等の米と精選された塩だけで握ったおむすび。それに上方の蔵で醸造されたまじりっけなしの清酒。

それらの品を運び入れながら、勇助が世間話でもするように言う。

「旦那様。近ごろ板状に乾燥させた浅草海苔が出回っておりますが、これで握り飯をくるむのが流行っているようです」

だが「そうか」と生返事の蔦重は素っ気ない。すると勇助は主人の態度に気づかぬふりで、パンと手を打って蔦重を振り向かせた。

「そういえば、旦那様。握り飯の中に具を入れると、味がうんと引き立つそうです。梅干や塩鮭が合うと、もっぱら評判らしいです」

「わかった、わかった、もういいぞ」

うるさそうに蔦重は勇助を追い払う。邪険に追い払われるのは、いつものことだ。蔦重にもわかっている。勇助が蔦重の偏食を案じていることは。

だがこの日、蔦重は勇助の背中を呼び止める。すわこそ、と勢い込んだ勇助に、蔦重は告げた。

「かつて鱗形屋が解散したさい、そこの手代を三人ほどうちで雇ったはずだ。その連中の身辺を探ってみろ。もしかしたならいまの鱗形屋の所在がはっきりするかもしれん」

梅干や塩鮭入りの海苔でくるんだ握り飯でも食べたいなどという、呑気な話とは違った。

蔦重の起こした耕書堂は新興の店だから、大手版元に必要な人材を揃えるには、他の大手版元から引っ張ってくるしかない。となれば解散によって失職した鱗形屋の手代を再雇用するのが業務に差し障《さわ》りがなく、当時の慣習にも合った。

貸本屋時代に蔦重の片腕だった勇助が、鱗形屋出身であるのがはっきりしている三人の身元を調べるなど容易《たやす》い。

呆れるほどに簡単だった。この三人の調査は。つまり何も出てこなかったのだ。いま鱗形屋孫兵衛がどこにいるかもわからない。この三人はすっぱり鱗形屋との縁を切って、蔦重のために働いているのである。無理もない。いま給料を払ってくれているのは蔦重であって、鱗形屋ではないのだから。

その旨を報告に行くと、蔦重は顔色も変えずに命じてきた。

「他の使用人も調べてみろ」

近ごろ蔦重は頻繁に寝所を変えている。その理由を尋ねても答えないだろうと察した勇助は、急いで他の使用人の身辺を洗った。やはり何も出てこない。いま鱗形屋孫兵衛がどこにいるのかもつかめなかった。

またも「空振り」の報告をした勇助だったが、蔦重の態度は変わらない。淡々とねぎらったものの、周囲への警戒はさらに強まった感じがする。

その蔦重へ、勇助がささやく。

「一人、お忘れですよ」

調べていない者が一人いるというのだ。

「誰だい、それは」

蔦重が横目に勇助を見やった。その蔦重の視線を受け止めて、勇助が答える。

「わたしです」

すると蔦重はかぶりを振ってみせた。

「勇助のことは疑っていない」

きっぱりと応じる。だが一礼した勇助が姿を消したとたん、蔦重の手が一通の調査報告書らしきものを、そっと懐から出す。火鉢にくべたその書状を、横目で一瞥する。灰になる前に、はっきりと読めた。その表書きの名が、勇助——と、あった。

「念のためだ」

自身に言い訳した蔦重が、勇助から何も出てこないと確かめた書状を、火鉢の中で丹念に灰にしていく。描かれたトラの眼の部分が空洞になっている、例の屏風の裏へ回ってみる。誰もいないと検分した蔦重の視線が天井へ向けられる。天井の木目模様に異常がないかに眼を凝らす。

異常無し、と独語した蔦重の視線が今度は足元に向く。耳を畳に付けて床下を探った。やがて畳から耳を離し障子を開いて外に出る。

床下に入れぬよう縁側の下に柵が巡らせてあった。「ネコが入ってきて子どもを産むのでな」と、縁側の下に柵を設ける理由を、そう大工には説明していた。縁側の下を覗き込んだ蔦重は、慎重に柵木へ手を伸ばす。何の異常もないように見えたが、ちょっと揺さぶってみると、大工が頑丈に渡したはずの柵木は簡単に外れた。

柵木が外されていることに気づいたとわからぬよう元に戻した蔦重が、油断なく暗い奥を探る。真っ直ぐ進めば蔦重の自室だ。薄暗い床下は静まり返っていたが、床上でこちらに近づいてくる足音が聞こえた。

勇助だ。彼は独特の足音の立て方をする。接近してくるのが誰なのか、蔦重に知らせていた。

――貸本屋の「癖」が抜けないな。

苦笑した蔦重が、何食わぬ顔で床下から這い出す。ずっと庭を眺めていたような顔で、縁側に腰かけて勇助を待ち構えた。

蔦重の傍らに端座した勇助が、「旦那様」と発する。来訪者があったさいの、いつもの態度だ。誰が来たと尋ねる蔦重に、勇助は答えた。

「鉄蔵にございます」

意外な者の名が勇助の口から出て、ちょっと蔦重も驚く。その蔦重へ勇助が続けた。

「あいつ、どうもトウガラシを売り歩いていて、何かを見つけたようです。それを旦那様に知らせるつもりらしいです」

「なんだ、鉄蔵のやつ、いまもトウガラシを売ってるのか。確かあいつ、魔除けの鍾馗《しょう　き》を幟《のぼり》に描いて小判で二両もらったって、自慢してやしなかったっけ。そういえば勇助に言った覚えがあるぞ。どうせ鉄蔵のやつ、小判をどうやって両替していいか知らないだろうから教えてやれ、と」

「ええ、承知しております。旦那様のお言いつけ通り小判を銭に両替してやりましたが、あのバカ、見たこともない小判が、いつも見ている銭にかわったとたん、『出るわ、出るわ、銭の山』と眼を回しやがって。すっかりお大尽《だいじん》気分になって、あっという間に使い切ってしまったようです」

「それで、仕方なくトウガラシ売りに逆戻りってわけか。しょうがねぇやつだな」

蔦重が慨嘆《がいたん》したとき、真っ赤なトウガラシ売りの扮装をした当の鉄蔵が、勇助を押しのけてドタバタと蔦重の前に現れた。鬼の首でも取ったように呼ばわる。

「旦那、見つけましたぜ」

「誰を、だ」

「鱗形屋孫兵衛です」

得意げに告げて、鉄蔵はふんぞり返る。しばし唖然《あぜん》としたのは勇助だ。貸本屋仕込みの丹念な捜索でも見つけられなかったのを、あっさり鉄蔵が見つけたというのだ。

「どうやって探し出したんだ」

何か策があったのかと声を潜めた勇助に、あっけらかんと鉄蔵は答える。

「トウガラシをせっせせっせと売ってたら、鱗形屋にたどり着いたんだよ」

それを聞いて蔦重は、こらえきれずに噴き出す。

「まさしく『犬も歩けば棒に当たる』だよなぁ」

おかしくってたまらない様子で、蔦重は肩を落とす勇助をなぐさめる。仕方なさそうにかぶりを振った勇助だったが、次の鉄蔵の言葉を聞いて表情を変えた。

「鱗形屋、眼が見えなくなっていましたぜ」

「なんだって！」

勇助よりもっと驚いたのは蔦重だ。

「どうしてわかった。誰かに聞いたのか。それとも鱗形屋本人と喋《しゃべ》ったのか」

「まさか」と鉄蔵は鼻を鳴らした。

「おれは旦那の頼みで『吉原細見』の本袋をつくったんですぜ。おまけに旦那に巻き込まれて写楽とやらに成りすまして役者絵まで描いたんだ。これでどうやって鱗形屋に旦那の一味でないと言い訳するんですかい」

「ちょっと待て」

蔦重の顔付きが険しくなる。

「なんで鱗形屋孫兵衛は、鉄蔵が写楽の代わりに役者絵を描いたと知っているんだ」

「斎藤十郎兵衛から聞いたんでは」

さも当然というふうに鉄蔵は答えたが、蔦重と勇助は顔を見合わせた。勇助を制して蔦重が質《ただ》す。

「どうして鉄蔵は斎藤十郎兵衛を知っているのだ」

「芝居小屋にいつもいたじゃないですか。役者絵を描く絵師が陣取るあたりに。おれ、旦那の指図で役者絵を描くさい、芝居小屋に通ったんで」

鉄蔵の話を聞いて蔦重が思い出したのは、あのとき代理を称する斎藤十郎兵衛から見せられた写楽の絵も、全て役者を描いたものだったことだ。

――そういえば、おれも芝居小屋で斎藤十郎兵衛を見かけたことがある。確か、阿州侯召し抱えなのに、その大名屋敷におらず、下谷の佐竹侯の大名屋敷に入っていった、と勇助が突き止めた件だ。

蔦重の深刻な表情に構わず、鉄蔵は話し続ける。

「あの斎藤十郎兵衛殿、鱗形屋孫兵衛に用事があったようですね」

「鉄蔵、斎藤十郎兵衛殿の跡を付けたのか」

そう蔦重から訊かれて、鼻先に皺《しわ》を刻んだ鉄蔵が盗み見たのは勇助の顔だ。

「いやぁ、むかし旦那の貸本屋で丁稚をやっていたとき、跡の付け方で散々ダメ出しを受けましたからね、誰かさんに」

鉄蔵の嫌味を聞いた勇助が、微苦笑を浮かべて黙り込む。肩を叩いてまた勇助を宥めた蔦重が、鉄蔵への問いを続ける。

「鱗形屋孫兵衛の眼が見えなくなっていると気づいたのはなぜだ」

「おれ、鱗形屋の前でも、この真っ赤な衣裳と張りぼてのトウガラシで踊ってみたんですよ。奇抜な恰好の方に眼がいって、顔に気づかれないいんじゃないかと思ってね。すると、どうだ、おれの顔に気づかなかったどころじゃない。鱗形屋はまったく眼で追わなかったんですよ。いやでも眼に入るこの真っ赤な衣裳をね」

深く鉄蔵に同意してみせた蔦重が、勇助を振り返る。なぜ鱗形屋が失明したのかはわからない。だが盲目となった鱗形屋は、自身で動くことは不可能だ。

「眼が見えなくなって挫《くじ》けちまった鱗形屋を、誰かが操っているのかもしれませんね」

あたり憚《はばか》ることなく発した鉄蔵に、蔦重が問う。

「誰か——とは？」

鉄蔵に代わって勇助が答えた。

「阿州侯にございますか」

斎藤十郎兵衛は阿州侯召し抱えという触れ込みである。

「あるいは佐竹侯」

蔦重が付け加える。あのとき芝居小屋で見かけた斎藤十郎兵衛の跡を付けたところ、佐竹侯（秋田藩）の大名屋敷に入っていったのだ。

「この件、朋誠堂喜三二（平沢常富・秋田藩の江戸留守居役筆頭）さんはどこまで喋りますかね」

勇助が判断を仰ぐように蔦重をうかがう。深く腕組みした蔦重が宙を睨んで告げる。

「いずれにせよ両藩の内情を調べるのが先だ。もしどちらかの藩が、鱗形屋を動かしているのなら、それなりの事情があるはずだ。秋田藩には朋誠堂喜三二さんという窓口があるが、それがかえってことを難しくしているのかもしれんな」

「どうも表沙汰にできぬものを感じますな」

探るような勇助の視線を受けて、「そうだな」と、うなずいた蔦重に皮肉な笑顔が宿る。

――もし表沙汰にできるのなら、公儀の尻馬に乗ればいい。なにせ、蔦重は公儀の過料を食らうほど眼を付けられている。阿州侯も佐竹侯も国持大名だから、もし公儀の権勢を笠に着られるのなら、そうするのがいちばん簡単であって、こそこそと鱗形屋に手を回す必要などない。

「あのさ」と、また鉄蔵がしゃしゃり出てくる。

「御大名である阿州侯や佐竹侯を調べるより、鱗形屋を調べる方が捗《はかど》るんじゃないか」

鉄蔵の言うことはもっともである。勇助が蔦重に視線を送ると、蔦重が鉄蔵に尋ねる。

「鉄蔵が鱗形屋を見つけたのはどこだ」

「八丁堀さ」

住所を詳しく聞いてみると、例の隠密廻の住所と同じ敷地だ。同心などの下級幕臣が敷地を他人に貸すことは珍しくないが、これを偶然の一致で済ますことはできない。

「いつから鱗形屋は例の隠密廻の地所に住んでいるんだ」

蔦重が勇助に眼を向ける。よどみなく勇助が答える。

「いつなぜ鱗形屋が失明したのか調べなければなりませんが、おそらく失明後だと思われます。最近だと考えていいんじゃないでしょうか。以前に――これも最近のことですが――調べたときは、誰もいませんでした。例の隠密廻、町方ですからね。地所を人に貸さねばならぬほど、暮らしに不自由はしていないはずです」

「ふぅむ、どうもわからん。例の隠密廻はどうして、眼の見えなくなった鱗形屋を

――役立たずになった鱗形屋を――自分の地所に住まわせたんだ」

「斎藤十郎兵衛がいたからだと思われます。鉄蔵は斎藤十郎兵衛の跡を付けて例の隠密廻の地所に住む鱗形屋を見つけました」

「だが鉄蔵とこの蔦重の関係は知らないようだな」

蔦重が漏らすと、勇助はうなずく。

――だとしたら吉原かな。

例の隠密廻は吉原の面番所に詰めていたが、勝川派の絵師だった鉄蔵が、蔦重の貸本屋の使用人だったことを知る者は少ない。

蔦重が勇助に注意を与える。

「例の隠密廻にばれないように、斎藤十郎兵衛と鱗形屋の繋がりを探れ、いいか、決して無理をするんじゃないぞ。あの隠密廻にこちらの動きを知られるくらいなら、探索不足の方がいい」

「鱗形屋はたいした動きをせんでしょうな。なにせ、眼が見えないんだから」

呑気な調子で鉄蔵が言ったが、その通りである。蔦重が勇助に付け加える。

「勇助、うちの使用人たちの身元を洗った文書、もう一度、おれに見せてくれ、どうも、何か見落としがある気がする」

「承知しました」

畏《かしこ》まった勇助の隙を盗むように、蔦重は上目遣いをする。我ながら卑屈だったが、そうでもしなければ、勇助の表情を探れない。

――気が付いていないようだ。自分も調べられたことを。

確認のために勇助も調べた。あくまで確認だったが、確認せずにはいられなかった。忠実な勇助をも信じ切れないのは、蔦重の生い立ちのせいだろう。尾張国から流れてきた実父が遊郭の香に浮ついた実母とこの吉原で出会い、生まれたのが蔦重だ。そんな両親の血を享けた彼も遊郭の女たちが騒ぐような色男に育ったが、そのせいで堅気の人たちからは、まともに見られなかった。七歳で両親が別れたときも、あの夫婦の子ならば、ろくな大人に育ちやしない、と陰口を叩かれたものだ。

その後、蔦重は引手茶屋を営む叔父の養子となったが、周りの人々は「あんな子だからきっと因業《いんごう》な商売に役立つと算盤《そろばん》をはじいたに違いない、と噂した。そんな意地悪い視線に晒された蔦重は、逆に愛想がよくなり、周囲に壁を感じさせなかった。

とにかく蔦重は、役に立つ要領のいい若者だった。

大妓楼の扇屋に入ったときは、難しい二階廻しをこなし、四郎兵衛会所に詰めれば間違いなく足抜けの女郎を見破り、そばの屋台を担いで江戸の街をくまなく探れば、出没する夜盗の風聞まで聞き込んで、吉原遊郭にこの輩が入り込んでくるのを防いだりした。

養父が蔦重に貸本屋をやらせたのも、これらの働きを見てのことだろう。江戸じゅうに散らばる大名屋敷を得意先としている貸本屋は情報屋であったが、同時に蔦重の飛躍をも助けた。得意先に貸本を持っていくには、客たちの好みに敏感でなくてはならない。これを外すと、得意先からダメ出しを食らうばかりでなく、せっかく貸そうと思った本を持ち帰るくたびれ儲けになってしまう。

だから蔦重は仕入れる本を厳選した。これを間違うと、大損になってしまうのだ。この点で役に立たなかったのが鉄蔵である。彼は客の好みに無頓着なだけでなく、己れの好みを押し付けさえした。

深更《しんこう》、蔦重は誰もいない真っ暗な売り場に行ってみる。そこにはちっとも売れなかった写楽の絵が、今も壁一面に掛かっていた。片づけることは、蔦重が許さなかったのだ。

夜のしじまの中で、蔦重は写楽が描いた二十八枚に囲まれている。どの眼も何事か訴えかけていた。

——写楽、何が言いたい。

蔦重が心の中で問いかける。こうやって蔦重は、毎晩のように、二十八枚と向き合っている。

突如、夜のしじまがうごめきだす。気のせいではない。バタバタと壁にかけた二十八枚が揺れ出し、そこに描かれた全ての眼が、一斉に蔦重へ迫ってきた。息を呑んだ蔦重の視線が、固く閉じられていたはずの扉が、開け放しとなっているのをとらえる。そこから真っ暗な夜の外気が、店の奥まで流れ込んできていた。

用心深く立ち上がった蔦重が、開け放しとなっていた扉に近づく。周囲は静まり返り、人の気配はない。左右だけでなく上下にも視線を走らせてみたが、誰もいなかった。異常がないのを確認して蔦重が、開け放された扉を閉める。扉を閉める軋《きし》みが夜闇を震わせ、蔦重は扉の錠が屋内からしか掛けられないことを見取った。

店の奥へ引っ込んだ蔦重は、いつも寝所の変更を命じる勇助がすでに店から引き取っていたにもかかわらず、急に寝所を変える。「風呂に入りたいな」とつぶやいて、風呂焚きを呼ぶ。吉原遊郭で不寝番を務めたこともある利兵衛という老人は、深夜に呼ばれてもすぐに応じた。

火の始末が良くて、この老人を採用したが、夜中でも人目がある吉原にいたときよりも、さらに重宝している。白昼には人の往来が多い日本橋も、夜になるとばったり人通りが途絶えてしまう。

「こんな街がかえって火事を起こすんだよなぁ」

つぶやいた蔦重が、湯を張った浴槽に身を沈める。風呂場の外から風呂焚きの利兵衛が声をかけてきた。

「旦那様、お湯加減はいかがにございます」

「結構だ。もう下がっていい」

蔦重が答えると、外の気配は消えた。湯から出た蔦重は、脱ぎ捨てた着物を拾おうとしゃがみこみ、ちょっと顔をしかめた。しゃがむと膝が痛むのだ。

「このごろ、どうも変だ」

身辺で起きている不審だけではない。身体そのものが、以前とは変わってしまったようである。

急に変えた寝所に入ったが、むろん夜具は敷いてなく、自分で用意しなくてはならない。夜具の支度をしながら、衣桁《いこう》に掛けた着物の下で鎖帷子に手を触れる。

――これの世話になるのは何年ぶりかな。

眉間に皺を寄せた蔦重が、文机に積まれた使用人たちの身上書を一瞥する。昼間、勇助に命じて持ってこさせたものを、蔦重みずからの手でさっき此処まで運んだ。

持ってきたときと同じように整然と積まれていたが、僅《わず》かに位置がずれていた。軽く手が文書に触れてしまえば起きる程度のずれで、当たり前の人ならば、気にも留めないであろう。まったく気づかなくても不思議ではない。だが若いころ治安の悪い裏長屋に住んだ蔦重は、外出するさいに、室内の現状を必ず記憶しておく癖がついており、直前に寝所を変更したことを知る者が、入浴しようと部屋を空けた隙に忍び込んだことを、ただちに見抜いた。

蔦重は文書の順番に狂いがないことを確認したが、侵入者の狙いが文書だったのか、あるいはもっと剣呑なことだったのかまではわからない。

蔦重は寝るのをあとにして、一度眼を通した使用人たちの身上書を注意深く再読し始める。眼を凝らして宙を睨んだ。顔を険しくしたのは、根を詰めたせいか、周囲を警戒したせいか、あるいは膝に新たな痛みが走ったせいか。

十一

例の隠密廻が隠居するという。隠居するのが当たり前の歳ではあったが、彼が日本橋通油町まで密かに蔦重を訪ねてきた。

ちらっと、蔦重は「たかりに来たのかな」と思った。二十五両包みを懐に入れたが、油断なくうたた寝する例の隠密廻は、価値のある情報と引き換えでなければ賄賂《わいろ》を要求したりはしない。

ひっそりとやって来た例の隠密廻が、「蔦重、知っているか」と声を潜める。

「何事でございましょう」

同じように声を潜めた蔦重へ、例の隠密廻は斎藤十郎兵衛でもなく鱗形屋でもない、数年前に済んでしまったことを、なぜか語り出した。

松平定信が権力を掌握したころだったが、前任の田沼意次との違いを天下に示したかったのか、徳島藩前藩主の蜂須賀南山《はちすかなんざん》（重喜《しげよし》）を江戸に召喚しようとした。蜂須賀南山の奢侈《しやし》が過ぎるというのが江戸召喚の理由だ。しかし徳島藩全体の反対に遭って、この計画は頓挫《とんざ》した。

蜂須賀南山は決して藩士たちに人気のある藩主ではない。ところがこの召喚を聞いたとたん、藩士たちは一丸となって南山を守ったのだ。

主君を守るといえば聞こえはいいが、要するに南山が江戸に召喚されては都合が悪かったのであろう。江戸で身柄を拘束されるということは、徳島藩は手も足も出せなくなってしまうということだ。

なぜ件の隠密廻は蔦重に、縁が薄いと思われる徳島前藩主のことを――それも数年前に片が付いたはずのことを、わざわざ蒸し返したのか。

片が付いていない――ということか、と蔦重は感じた。

蜂須賀南山と蔦重とに、いったい何の関係があるというのか。蜂須賀南山の元の名は佐竹義居といった。朋誠堂喜三二が江戸留守居役を務める秋田藩佐竹侯の一族である。うんと離れた秋田と徳島に本拠を構える佐竹氏と蜂須賀氏の間に、これまで接点はなかった。

秋田と徳島では距離があり過ぎるというが、これが江戸ならばどうであろう。参勤交代の制で、佐竹氏も蜂須賀氏も江戸に大名屋敷を持つ。しかも佐竹義道《よしみち》（蜂須賀南山の実父）は江戸定府であり、徳島藩江戸家老の賀島出雲《かしまいずも》と協議して、佐竹義居といった蜂須賀南山の徳島藩主への養子入りを実現させた。

佐竹氏と蜂須賀氏はともに国持の外様で、石高も格式も同じくらい。徳川氏の決めた江戸大名としては釣り合いが取れた家同士なのである。もっとも佐竹氏はあの源頼朝と張り合った名門（清和源氏《せいわげんじ》・新羅三郎義光《しんらさぶろうよしみつ》の末裔《まつえい》）であるのに引き換え、蜂須賀氏は木下藤吉郎《きのしたとうきちろう》（豊臣秀吉《とよとみひでよし》）の野盗仲間だったという違いはあるが。

名門の秋田藩は本流以外にも大勢の佐竹氏がおり後継者には不自由しないが、野盗出身の蜂須賀氏はそうはいかない。木下藤吉郎の仲間で売った蜂須賀小六《ころく》の子孫が途絶えてしまうと、たちまち後継者不在に悩むことになる。そこを佐竹傍流の壱岐守《いきのかみ》（義道）にうまく衝かれたわけだ。

蜂須賀小六の子孫が途絶えて好き勝手ができるようになった家老たちも、藩主がいなければ困るのである。幼少の藩主を傀儡《かいらい》として、どこか適当な大名家から引っ張ってきて好き勝手をしようにも、肝心の藩主がいなくなれば藩そのものが取り潰されて無くなってしまうのだ。そうなっては威張っていた家老たちも、浪人に落ちぶれるよりほかない。

蔦重には引っ掛かる点があった。斎藤十郎兵衛である。写楽の代理として蔦重の前に姿を現した斎藤十郎兵衛を能役者として召し抱えたのは「阿州侯」だという。蔦重が佐竹侯（秋田藩）の江戸留守居役である朋誠堂喜三二に問い合わせたところ、そういう名の能役者を間違いなく阿州侯が召し抱えたとの返事があった。斎藤十郎兵衛を召し抱えたのは、もともと佐竹一族だった蜂須賀南山とみて間違いあるまい。

「隠居するわしの後任だが」

例の隠密廻の口調に不穏な気配がにじむ。それに気づかぬふりで、蔦重が懐から二十五両包みを取り出した。退任祝ということにすれば、差し障りなく渡せる。

「わしの養子だ。だが血のつながりはない」

下級幕臣が金銭で養子を取る話はよく聞く。だが蔦重は、素知らぬふりで、満面に笑みを浮かべて言った。

「長年のお勤め、御骨が折れることだったと、わたくしごときが恐縮には存じますが、拝察つかまつるしだい」

深々と頭を下げた蔦重へ、意味ありげな眼ざしを送った隠密廻がささやいた。

「蔦重、わしの養子、誰か知りたくないか」

蔦重は首を垂れたまま、相手に眼を見られないようにして、例の隠密廻が懐に二十五両包みをしまい込むのを察した。

「斎藤十郎兵衛だよ。わしの養子は」

言ってから含み笑いを漏らす。

「びっくりしないとは。さすがだな、蔦重」

「いえいえ」

かぶりを振って、相手に表情を確かめられるのを防ぐ。その蔦重の動きに、感心した様子で続ける。

「どっちかわからんぞ、斎藤十郎兵衛」

ここで蔦重は初めて頭を上げて、相手の眼を真っ直ぐ見つめて応じた。

「どっちなのか、旦那でもわかりませんか」

「わからん」

例の隠密廻が残念そうに宙を仰ぐ。いつものうたた寝顔に戻って告げた。

「わかっていれば、もう一つ二十五両包みがいるぞ」

「おれのほかには買い手がつかなかった、と考えてよろしいんですね」

「たぶんな、だが天下の仕置《しおき》は越中《えっちゅう》様（松平定信）しだい。あの斎藤某《なにがし》だって、きっと越中様の顔色をうかがっておるだろうよ」

「天下の仕置――にございますか」

びっくりしたように蔦重が鸚鵡返《おうむがえ》しにすると、例の隠密廻は急に話題を変えてきた。

「ああ、そういえば、あの座頭だがな」

「眼は見えないようですが、鱗形屋は座頭ではありません」

「あの盲目、座頭ではないのか」

あくまでとぼけた顔で、例の隠密廻は続けた。

「あの盲目、引っ越したぞ、わしの家にはもうおらん」

おかしな気配を嗅ぎつけて手を引いた、ということだ。素早いな、と内心で蔦重はうなったが、顔色には出さない。

「ところで蔦重の番頭だがな。あいつも蔦重と同じくらい、この件に首を突っ込んどるだろう」

「はい」

「どこへ行った？　姿が見えんようだが」

「阿波です」

蔦重の返事を聞いて、例の隠密廻の表情が一瞬だけ変わる。

「目から鼻に抜けるようだよな、蔦重は」

「ありがとうございます」

一礼した蔦重へ、相変わらずのぼそぼそ声で例の隠密廻は念を押した。

「だが、天下の仕置を決めるのは、蔦重じゃない。むろんしがない隠密廻のわしでもない。越中様だ」

「承知しています」

蔦重がそう返事すると、例の隠密廻は蔦重から受け取った二十五両包みのある懐を、思わせぶりに叩いてみせた。

「越中様しだいで、どう転ぶかもわからん。しがない隠密廻のわしに言えるのはそれだけだ」

重々しく同意しながら蔦重が、

——まだ斎藤十郎兵衛について、うかがっておりませんぜ。

と、口にしかけて、例の隠密廻の目くばせを受ける。

蔦重は黙った。腰を上げて辞去する隠密廻を玄関まで見送りながら、いきなり一人で元の部屋に引き返した。さっきまで蔦重と例の隠密廻が密談していた部屋に、人影はなかった。だが蔦重は、微《かす》かに残った気配を感じ取った。蔦重の視線が床下に落ちる。ついで天井に上がった。どちらでもないようだ。今度は床の間の壁から掛軸を剝《は》がす。掛軸に覆われていない所と同じ壁だったが、蔦重は慣れた手つきで壁をコツコツと叩いてみる。ひどく薄かったが、あとから細工を施した様子はない。それは隠し部屋というほど気の利いたものではなく、壁の薄い部分にそっと耳を押し当て、盗み聞きしようとしたのだろう。意外に動けないようだが、動き過ぎれば勘付かれてしまう。此処は蔦重の自宅なのだ。

そういえば——と思い出す。先ほど、例の隠密廻と密談したさい、その声がひどく小さかった。それに合わせて、蔦重もようやく相手の耳に聞こえる程度で話した。

「あれじゃ盗み聞きしようにも聞き取れまい」

例の隠密廻は蔦重が斎藤十郎兵衛の件を口にしかけたところで、目くばせを送ってきた。

——どうも、あの隠密廻、養子に取った斎藤十郎兵衛のことをよく知らんようだな。斎藤十郎兵衛と鱗形屋との関係も。

ならば鱗形屋と斎藤十郎兵衛との関係を、もっと探る必要がある。

首をひねった蔦重は、例の隠密廻が繰り返し言ったことを思い出す。全ては越中様しだい——だ。

例の隠密廻も斎藤十郎兵衛も、そして蔦重も、松平定信に振り回されざるを得ないのだ。やれやれ、と億劫《おっくう》げに溜息をついて蔦重は、掛軸を元通り掛け直した。

十二

「番頭がおらんな」

すっかり戯作者を忘れた朋誠堂喜三二が、差し迫った様子で蔦重へ告げた。その朋誠堂喜三二に合わせて、堅苦しく蔦重は挨拶する。

「これはようお越しくださいました、平沢様」

朋誠堂喜三二は蔦重の態度で気づいたようだ。いかに己れが秋田藩の江戸留守居役筆頭を剝き出しにしていたか。

「戯作を嗜む者として版元を訪ねておるのにな」

文人らしく自身を諧謔《かいぎゃく》するような笑みを浮かべた喜三二へ、蔦重はかぶりを振ってみせる。

「建て前はよしにしましょう。わたしも平沢様にお尋ねしたいことがございます」

「答えられることならば」

渋面をつくった喜三二だったが、蔦重も勇助がどこへ行ったのか言うつもりはない。聞くだけ聞く、とこちらへ向き直った喜三二は、蔦重よりも十五年長であり、蜂須賀南山が蜂須賀家の末期養子に決まった、佐竹氏の傍流である壱岐守義道（南山の実父）と徳島藩江戸家老である賀島出雲の会談が行われた当時、すでに江戸留守居役だった。おそらく朋誠堂喜三二は佐竹義道と賀島出雲の会談があったその場にいたのだろう。

「わしが話すまでもなく、版元はよくご存知だ。鳥越《とりごえ》様（佐竹義道）と賀島出雲殿を引き会わせたのはわしだ」

あのとき賀島出雲は焦っていた。次の徳島藩主にふさわしい誰かを末期養子にしなければ、藩主のいなくなった藩の存続が許されるはずがない。だから佐竹義道から

「おれの息子はどうだい」と勧められると、一も二もなく飛びついたのだろう。

秋田と徳島は無縁に見えて、よく考えてみたら、両家の家格は同じくらいであり、しかも佐竹氏は戦国乱世で多くの名門が没落していったにもかかわらず、本物の清和源氏である。

あとは幕府への根回しだ。当時、老中首座だった堀田相模守《ほったさがみのかみ》への仲介をしたのは、いま蔦重の目の前にいる朋誠堂喜三二だった。この老中首座は田沼意次や松平定信に比べて扱いやすく、話はとんとん拍子に進んで、めでたく蜂須賀南山は次の徳島藩主となった。

だが問題はこれで終わらない。蜂須賀南山は実父の佐竹義道に似て、おとなしく賀島たち家老の傀儡になるような人物ではなかった。これまで縁もゆかりもなかったにもかかわらず、徳島に入った南山は、いきなり藩政改革の大ナタをふるったのだ。徳島藩は大混乱に陥り、やむなく幕府が乗り出して混乱を収拾する。藩政を混乱させたとして、南山は隠居させられてしまった。

此処までは、おさらいのようなものだ。だがその先は――。

「ところで、平沢様。馬場文耕《ばばぶんこう》ってご存知ですか」

急に蔦重が話題を変える。唐突に「馬場文耕」という名が出てきて、戸惑っているかと見れば、明らかに朋誠堂喜三二は動揺していた。

　どう答えるべきかしばし迷ったのちに、絞り出すような声で発した。

「その名は聞いたことがある」

　すると相手の言葉尻をとらえて、蔦重は問いを重ねる。

「馬場文耕ってのは講談師で、戯作者の方々や我々版元には馴染みある名です。ところで馬場文耕は公儀に不敬であるとして、斬首されましたが、罪が厳しすぎたと思われませんか。同じく公儀に対する不敬を問われたわたしですら、申し訳程度の過料で済んだのですから」

「わしの戯作も越中様（松平定信）から睨まれたが、何の処分もなかった。ただ蔦重にも話した通り、太守（佐竹義和《よしまさ》）が、次は無事では済むまい、とお案じになってな。公儀への批判は控えるようにとの御指図を受けたのだ」

　すらすらと朋誠堂喜三二は語ったが、うまくごまかしたつもりでも、何の話題を朋誠堂喜三二が避けようとしたのか、すぐに蔦重は気づいて、駄目を押すように言った。

「なぜ馬場文耕は斬首されたのでしょうな」

　返事はなかった。

「郡上《ぐじょう》一揆を世間にばらしたからだと、言われています」

いきなり蔦重の口から「郡上一揆」が飛び出したが、朋誠堂喜三二は意外そうな顔をしなかった。彼の中で馬場文耕と郡上一揆がつながっていたのを察した蔦重が続ける。

「どうも郡上一揆だけじゃないようです。馬場文耕が嗅ぎつけたのは」

朋誠堂喜三二が苦々しい顔で蔦重を見やった。

「宝暦《ほうれき》の飢饉はご存知でしょう」

また蔦重は話題を変えたかに見えたが、そうではないと朋誠堂喜三二には通じている。

「もう昔のことだが、若い秋田藩士でも例外なく伝え聞いている」

やむなく朋誠堂喜三二は答える。やはり来たか、という顔つきだ。

秋田藩にとって宝暦の飢饉の方が、有名な天明の飢饉よりも重大だった。天明の飢饉はヤマセ（東北地方で初夏に吹く東方からの冷風）が原因とされ、隣藩（弘前《ひろさき》藩）は壊滅的な凶作となったが、秋田藩の被害はそれほどでもなく、隣藩から「地逃げ」してくる避難民の対策の方が重要だった。しかし宝暦の飢饉では冷害の直撃を受け、ひどい凶作となった。のちの天保の飢饉と同じである。当時はまだ米の品種改良も進んでおらず、いったん冷害に襲われると被害が壊滅的になってしまう。当時の秋田藩にとって、宝暦の飢饉はまさしくそれだった。

「あのとき御家中は、ずいぶんもめましたよね」

やはりよく知っているな、貸本屋は——という顔を朋誠堂喜三二はした。

「銀札のことを言っているのか」

あきらめたように朋誠堂喜三二が尋ねる。

「そうです」

蔦重がうなずく。

「あの秘密を馬場文耕に握られた。一揆の秘密を握られた郡上藩はどうなりましたっけ」

「改易《かいえき》だ」

なんでもない顔をして、朋誠堂喜三二が吐き捨てる。

改易されれば藩そのものがなくなってしまう。命より大事な家禄が没収され、上は家老から下は足軽に至るまでみな浪人となって路頭に迷わねばならず、藩士にとっては、ひとり残らず死刑に処されるのと同じだった。

改易処分は食らうまい——と郡上藩だけでなく、六十六州の全藩が思っていただけに、あの件は衝撃だった。

かつて徳川家光《いえみつ》の時代くらいまでは、改易処分も珍しくはなかった。だがその後、大名の改易処分は眼に見えて減り、近年では米沢藩《よねざわ》（上杉氏）のようにみずから改易を申し出ても幕府から止められた例まである。幕府としては改易によって出る大量の浪人の方が問題なのだ。

郡上藩改易は徳川家重《いえしげ》（九代将軍）の命令を田沼意次が遂行したと言われる。権威のない田沼意次が、徳川家重の権威を利用して手腕を見せたと伝えられており、田沼政権誕生のきっかけとなったとも言われる。

これが示唆となった。松平定信も同じことをしようとしているのではないか、と。徳川吉宗《よしむね》（八代将軍）の孫である松平定信は、権威という点では田沼意次よりもはるかに上だが、田沼政権を否定してみせるには、自分が田沼意次よりも上だと天下に示さねばならない。そうするには天下に記憶されている田沼意次の功績の上を行くのがいちばんだ。最もわかるやすい方法が、田沼が取り潰した郡上藩よりもっと大きな藩を取り潰すことである。幕府が恐れる浪人問題も、郡上藩取り潰しのさいには、拍子抜けするくらい社会問題にならなかった。

今度は朋誠堂喜三二の方が、再度蔦重に質す。

「ところであの番頭だが、姿が見えぬようだが、どこへ行った？」

蔦重はとぼけてみせたが、なおも朋誠堂喜三二が質す。

「確か老中首座に就かれた越中様（松平定信）は、満を持したように蜂須賀南山公の江戸召喚をお命じになられたな。蜂須賀の御家中の猛反対に遭って、南山公を江戸に引っ張り出せなかったようだが。越中様（松平定信）も功を焦り過ぎたのか、南山公をとっちめるには、いささか証拠が揃っていなかったようだな」

そもそも蜂須賀南山はどちらの味方なのか。実家である秋田なのか、あるいは養子に入った徳島なのか。

蜂須賀家中が一致団結して前藩主（蜂須賀南山）を松平定信から守ったのはなぜなのか。当たり前に考えるなら、前藩主が江戸で幕閣の尋問に晒される不名誉を防ごうとしたのだろうが、はたしてそうだろうか。もしかしたら南山に喋られては困ることがあったからではないか。

南山の乗り出した藩政改革は、家中に大きな軋轢《あつれき》を生んだ。南山を藩主に擁立した賀島出雲まで家老の座を追われている。

「そういえば阿州侯召し抱えの能役者である斎藤十郎兵衛について、平沢様にお尋ねいたしましたな。あの斎藤某、阿州侯召し抱えでありながら、佐竹侯の大名屋敷にいるところを眼にしております」

「斎藤の跡を付けたのが、あの番頭というわけか」

さすがに江戸留守居役筆頭だけあって見抜いているな、と蔦重は感心したが、顔にも声にも出さない。

大きく溜息をついた朋誠堂喜三二が、今までとは違う口ぶりで言った。

「あまり詮索せぬのが身のためだ」

「そうは申されても、すでにわたしの身辺はきな臭くなっております」

すると朋誠堂喜三二が、驚いて顔色を変える。

「身の危険を感じるほどか」

蔦重は返事をしなかったが、深刻な表情になった朋誠堂喜三二が、首を振りながらうめく。

「わしは秋田藩の江戸留守居役筆頭だが、太守の御下命があって初めて動ける。国元のことはもとより、この江戸で起きたことでも知らぬことが多い」

「たとえば小田野武助《おだのぶすけ》殿の件ですか」

朋誠堂喜三二は否定しなかった。

小田野武助（直武《なおたけ》）といっても、ピンとこない人が多いだろうが、あの『解体新書』の挿絵を担当した人なのだ。『解体新書』といえば杉田玄白《すぎたげんぱく》だが、日本に西洋医学が広まったのは、あの挿絵の精密さのおかげだった。『解体新書』の表紙のイラストは、たいていの現代人も見覚えがあるだろう。

精密な西洋画でなければ『解体新書』に載せる人体解剖図は描けないが、小田野直武を杉田玄白に推薦したのは平賀源内である。小田野直武は平賀源内の弟子だったが、なぜ秋田藩士の小田野直武は平賀源内に弟子入りしたのだろうか。

藩主（当時は佐竹曙山《しょざん》）の趣味であろうが、はたしてそれだけであろうか。

当時、宝暦の飢饉で大打撃を受けた秋田藩は、藩の存続のため、領内の米を買い集めようと必死だった。ここで藩論を二つに割る争いが起きる。それが米を買い集める資金を現銀とするか、銀札を発行するかであった。けっきょく銀札の発行は大失敗に終わったが、この問題は大掛かりな政争に発展し、銀札派の藩士の多くが死罪となった。

銀札の発行が失敗した一番の原因は、贋札《にせさつ》の横行である。贋札が出回るのを防ぐ技術が、秋田藩にはなかった。真似できない銀札の原板を彫る技術が欲しくて、小田野直武は平賀源内から精密な西洋画を学んだのではないか。

とにかく一連の政争には、わからないところが多すぎる。そもそも銀札発行派への処罰が異様に厳しいのだ。大勢が死罪となり、切腹どころか斬首された者までいた。

江戸にいた小田野直武も秋田に送り返され、そこで不審死を遂げている。

いま思い出したが、蔦重は朋誠堂喜三二から訊かれたことがあった。「何か知らないか」と。これに対し蔦重は答えたものだ。

「貴藩のことじゃないですか。おれの方が教えてもらいたいくらいです」

「そりゃそうだ」と喜三二は冗談めかしてみせる。

――どうもこの人は本当に知らないようだな。

吉原を案内するうち、喜三二の横顔をうかがうだけで、なんとなくわかるようになってきた。自藩の事情を部外者に尋ねるというのは情けないように見えるが、喜三二は他藩がどう見ているか等の情報を、貸本屋の蔦重から集めようとしていたのかもしれない。

苦悩を面に出さずに朋誠堂喜三二は蔦重に話しかけたものだ。

「源内先生は相変わらずのようだな」

朋誠堂喜三二は平賀源内の弟子だったが、蔦重は平賀源内に『吉原細見』の序文を書いてもらうために、喜三二に口をきいてもらったことがある。平賀源内は二人共通の知人だったが、当時から源内の多才ぶりは有名だった。

平賀源内が長崎で学んだのは、エレキテルだけではない。西洋画も体得した技術の一つだ。畑違いに思われる戯作や歌舞伎の脚本にまで手を出し、脚本には『神霊矢口渡《しんれいやぐちのわたし》』という大ヒット作まである。

多芸多才な源内は、あちこちに首を突っ込み、その一つが秋田藩だった。

——確か最初は鉱山開発だったはずだ。

阿仁《あに》鉱山のある秋田藩に招かれても不思議はないが、源内が主に秋田でやったのは蘭画（西洋画）の指導だったようだ。

じつは平賀源内と小田野直武は同時期に不審死を遂げている。両者の死に関連はまったくないらしいが、馬場文耕の刑死以降、秋田藩の内紛は毒婦の登場する娯楽作品となってしまった。

わしにも全容はつかめておらぬ——と、朋誠堂喜三二こと平沢常富は蔦重にぼやいてみせた。

佐竹義道（蜂須賀南山の実父）は銀札騒動にも深く関わっている。銀札派の大物を騙して連行し、最終的に藩政を握った銀札反対派に引き渡している。佐竹義道はすでに鬼籍《きせき》に入っているが、南山はまだ生きている。徳島の隠居屋敷にいるのだ。

「南山公に訊けば、ずいぶんはっきりするような気がしますね」

「だが藪《やぶ》から蛇《へび》を突つき出す結果になるかもしれない」

そう答えた朋誠堂喜三二から苦衷が滲《にじ》み出る。知らない方がいいこともあるのだ、と蔦重には聞こえた気がした。

吉原で豪遊できるため、常日頃から他の藩士に羨ましがられている江戸留守居役も楽じゃない、と蔦重はしみじみ思う。朋誠堂喜三二には言えぬこと、知らぬこと、の双方があるのだろう。

十三

だが蔦重もそれに同情してばかりはいられない。彼は朋誠堂喜三二に勇助を阿波へ遣わしたことを秘密にした。勇助が帰るのを待ちかねて、人払いを徹底して自室に招き阿波での首尾を尋ねる。

「旦那様、藍玉《あいだま》一揆というのをご存知ですか。もう四十年も前に起きた一揆ですが」

勇助が声を潜めて問う。

染料としての藍は、徳島藩の特産品だ。米だけでは藩財政の基幹にならぬ時代になってからは、どの藩も特産品の開発に躍起となっている。たいていは失敗に終わるのだが、そんななかで徳島藩の藍は大成功をおさめた。すっかり味をしめた徳島藩は特産品となった藍玉の専売制を強化しようとして、地元民の反撥《はんぱつ》を招き、藍玉一揆が起きたのだ。

一揆が発生したときの徳島藩主は、蜂須賀南山（重喜）である。

一揆そのものは、たいした混乱も生まなかった。事前に蜂起を察知した徳島藩は、素早く事件の首謀者を逮捕処刑すると同時に、藍玉の専売制については地元民に大きく譲歩した。にもかかわらず、この件は今もくすぶっている。

「なぜ、今もくすぶっているとお思いですか」

「公儀にこの件を知られたのか」

とぼけたような顔で、蔦重が返す。早く続きを聞きたがっていると察して、勇助は続ける。

「一揆が起きたことを隠す藩もあります。決して名誉なことじゃありませんから。でも公儀は知っていますよ、藍玉一揆については」

「公儀が知らぬこととは何だ」

「一揆のどさくさに紛れて隠したようです。どこで藍を作っているのか」

「どこに藍を植えているんだ」

「稲を植えているはずの所が、一面の藍作地に変わっています」

「もしそれが公儀に知られれば――」

「徳島藩は取り潰しです」

勇助の優しい声音が、禍々《まがまが》しい宣告となって、蔦重の自室に響いた。これを聞いた蔦重が、思案するように自室内を歩き回り、さりげなく前後左右に視線を向けた。蔦重が何をしているのか、勇助は気づかないふりをしたが、蔦重は冗談めかして告げた。

「どうやらネズミはいないようだ」

同意した勇助に続ける。

「いまの勇助の話。どこかの藩を思い出すな」

また勇助が同意する。

――秋田藩だ。

両藩は同じように改易（取り潰し）の危険を冒している。

「どっちだろうな」

蔦重が尋ねると、勇助は「わかりません」と応じた。

わかったことといえば、なぜ松平定信が蜂須賀南山を江戸に召喚しようとしたのか。

そしてそれを徳島藩士たちが前藩主南山の盾《たて》になって止めたのか。そんなことが今さらわかっても仕方がない。

「それより」と蔦重が口調を変えた。

「阿波で誰かの視線を感じたり尾行されたりしなかったか」

「いいえ」

きっぱりと勇助が首を横に振る。破顔して付け加えた。

「もし少しでもおかしなことがあれば、ピンときますよ。おれは小さいころから旦那様の貸本屋を手伝っていますから」

「そうだな」

少なくとも例の隠密廻は斎藤十郎兵衛に、勇助が阿波に潜入したことを伝えなかった。蔦重は急いで出かける支度を始める。これから吉原の面番所に、例の隠密廻の養子になったという斎藤十郎兵衛を訪ねるのだ。

「旦那様、どちらへ」

勇助に問われて、蔦重は大げさに慨嘆してみせる。

「いやになっちゃうよなぁ。おれもクンクン嗅ぎまわる犬と同じだ」

蔦重は勇助の肩を軽く叩いて、日本橋の店を出た。

十四

日本橋通油町に移ったのちも、蔦重は吉原との縁が深い。大門前には今も蔦重の店があり、貸本屋を営業しているだけでなく、店先には馴染みの『吉原細見』が積まれている。

蔦重は面番所に斎藤十郎兵衛を訪ねるつもりだったが、その必要はなかった。こちらに背を向けた斎藤十郎兵衛が、店先に積んだ『吉原細見』を一冊手に取って眼を通していたのだ。

蔦重は背後からいきなり斎藤の肩を叩く。驚いてこちらを振り返った斎藤に言った。

「どうです。それが鱗形屋さんから版権を奪った『吉原細見』です」

振り返った瞬間、斎藤十郎兵衛は蔦重が何かつかんでいると悟った。その斎藤を無視して、蔦重は積まれた『吉原細見』からもう一冊取ってパラパラとめくってみせる。

「これがわたしの出世作なのですよ。世の健全な父母たちからは、自分たちの息子を堕落させる稀代の悪書と罵られましたがね」

蔦重の妙に優しい声を聞きながら、斎藤は剣呑な気配を嗅ぎ取った。

「鱗形屋さんは『吉原細見』は出せば売れるものだと考えておられた。だから人任せにして見本摺りを見ようともしなかった。でもわたしは違いますよ。今でも『吉原細見』にはわたしの眼が行き届いています。わたしの眼鏡にかなわないものは決して出さない」

蔦重はさらに斎藤の鼻先で『吉原細見』をめくってみせた。

「鱗形屋さんが出していた『吉原細見』に比べ、ずいぶん見やすくなっていますよ。なぜだかわかりますか。鱗形屋さんはどんな人がこれを読むかについて少しも考えなかった。だがわたしが念頭に置いたのはそこだ。『吉原細見』は吉原に興味はあっても吉原をよく知らない吉原初心者こそが得意客なんですよ。そんなこともわからず、いや、わかろうともせず、ふんぞり返っていたような人が店を潰すのは当然じゃないですかね」

斎藤十郎兵衛は鼻先に『吉原細見』を突き付けてきた蔦重を、用心深くうかがった。

「ところで鱗形屋さん、どちらの藩に唆《そそのか》されたんです」

視線を外した蔦重が、いきなり本題に切り込んだが、斎藤が答えないと察して口調を変える。

「斎藤さん、ちょっと出ましょうか」

蔦重が誘う。斎藤十郎兵衛は黙ってうなずいた。ここでは人目があるということだ。行き交う吉原の客ばかりでなく、大門前に今もある蔦重の店からは、店番たちが好奇の視線を向けている。

蔦重と斎藤十郎兵衛は、遠くに小塚原《こつかはら》の刑場がうかがえる泪橋《なみだばし》のたもとまで来て立ち止まった。あたりに人影がないのを見計らって斎藤十郎兵衛が問う。

「いつ、わたしの父が鱗形屋孫兵衛だと気づいたのです」

「鱗形屋さん、苗字は山野じゃない。ほんとうは斎藤でしょ」

「あの隠密廻から聞いたんですか」

「いいえ、調べたんです」

恐れ入った、と首をすくめてみせた斎藤十郎兵衛が、蔦重の出方を探るように質してきた。

「わたしの正体をつかんだからといって、わたしを面番所から追い出せますか」

「わたしが知っているのは斎藤さんが阿州侯に召し抱えられた後の経歴だけです。それ以前のことは何も知りません。でも、それがばれただけでも面番所にいられないんじゃないですか」

蔦重に返されて、斎藤十郎兵衛は曖昧に笑う。

「わたしは斎藤さんに訊きたいことが、いくつもあるんですよ」

そうでしょうなぁ、と斎藤十郎兵衛がとぼけた顔をしてみせる。相手の態度に気づかないふりをして蔦重は言葉を継いだ。

「鱗形屋さん、どっちに唆されたんですか」

先ほどと同じことを、蔦重はびくともせずに問うた。今度は躱《かわ》せないと察した斎藤十郎兵衛が、開き直ったように答えてきた。

「父は唆されたんじゃない。蔦重さんへの借りを返そうとしているんです」

「わたしには鱗形屋さんに恨まれる筋合いはない」

「盗人猛々しい、とはこのことですな」

吐き捨てるような斎藤十郎兵衛の返答を聞いて、蔦重の胸にまた鱗形屋孫兵衛への憤懣《ふんまん》がよみがえったが、こらえたのは、さらに切実に聞きたいことがあったからだ。もしかしたなら、これは斎藤十郎兵衛しか知らないことなのかもしれない。そう思うと、せっつくような口調になるのを、蔦重は止められなかった。

「あなたは写楽の代理だとおっしゃってわたしの店に来られた。どうして写楽はわたしのところへ絵を持ち込むよう頼んだのです」

蔦重の様子が切迫する。その蔦重を見やった斎藤十郎兵衛が、意外そうに聞き返す。

「蔦重さんは写楽をご存知なのでしょう」

知っている、と答えたかった。だが「知っているか」と聞かれて、蔦重の記憶によみがえってくるのは、写楽の描いた己れの似顔絵だけだ。似ているとか似ていないとかじゃない。まるで写楽の魂が乗り移ったような似顔絵だった。あの似顔絵のせいで、斎藤から二十八点に及ぶ写楽の絵を見せられたさい、すぐにあのときの男だとわかった。

「わたしと写楽はたいした縁もありません」

蔦重の動揺を知ってか知らずか、素っ気なく斎藤十郎兵衛は言った。

「わたしの狙いは申すまでもなく蔦重さんの方です」

「それでも知りたいのです。斎藤さんの見た写楽を」

なぜ蔦重がそこまで執着するのか、斎藤十郎兵衛にはわからなかっただろう。

「そういえば写楽の絵を大々的に売り出そうとしておられましたよね。わたしにも半金だとおっしゃって、いきなり二十五両包みを渡されびっくりしました」

「あのときわたしは写楽本人が来れば、あとの半金もお渡しすると申し上げました。写楽はいまどこにいるのですか」

「知りません」

切羽詰まったようにまくし立てる蔦重に、辟易《へきえき》した顔で斎藤は答える。

「蔦重さんもご存知の通り、阿州侯召し抱えの能役者であるそれがしは、好きに芝居小屋に出入りできます。誰でも引き入れることができたのです」

そのときの写楽はどんなだった、と蔦重は聞きたかった。しつこく尋ねたかった。むかし夜鳴きそばの屋台を担いでいたとき、夜更けの揚屋町《あげやちよう》で確かに、蔦重は写楽と会った。だが憶えているのは写楽に描いてもらった己れの似顔絵だけなのだ。

──写楽はどんな顔をしていたのか。

思い出そうとしても、記憶に出てくるのは、失くしてしまったはずの、あの似顔絵ばかりで、どうしても思い出せないのだ。

「蔦重さんが聞きたいのはそれだけですか」

斎藤十郎兵衛から冷静に問われて、蔦重は我に返る。

「鱗形屋さんは眼が見えなくなっているそうですね」

「よくご存知で」

「眼が見えないのなら、眼代わりが要るはずです。もちろん、鱗形屋の養子にもぐり込んだ斎藤さんを除いてですが」

それは誰ですか、と聞きたいところだが、聞いても答えまい。予想した通り、斎藤十郎兵衛は首をひねってきた。

「さぁ、いるのかいないのか、どっちなんでしょう」

いるに決まっているだろ――を呑み込んだ蔦重から、くるりと斎藤十郎兵衛は背を向けた。来るぞ、と蔦重が身構えたとたん、抜く手も見せず斎藤十郎兵衛の右手に匕首《あいくち》が光った。いきなり蔦重の腹を抉《えぐ》ったと思いきや、鋭い刃が簡単に跳ね返された。

蔦重が吉原風の着流しを肩脱ぎにする。刃を跳ね返した鎖帷子が露《あら》わとなった。落ち着き払って蔦重が言う。

「むかしわたしは吉原でこれを手離せない仕事をしていたのです」

「そうなんですか」

うつむいて肩を落としたかに見えた斎藤十郎兵衛が、電光石火に蔦重の顔面を突く。見たこともない跳躍で躱した蔦重のせいで、勢い余った斎藤が、たたらを踏んで泪橋の欄干《らんかん》にぶつかった。もはや斎藤には韜晦《とうかい》する（姿をくらます）ゆとりはない。くそっ、と罵声を発して蔦重に襲いかかった。相手の突進を先ほど見せた跳躍でやり過ごした蔦重が、斎藤の手から匕首を奪い取った。息も乱さなかった蔦重は、あくまで淡々としていた。

「むかしわたしは吉原の危ない仕事をこなすために、若い歌舞伎役者たちと一緒にトンボを習いましてね。斎藤さんを驚かせた跳躍は、そのおりに習ったものです。勧めてくれたのは、あの源内先生なんですよ。吉原では、よく知られた話です。わたしがふだんから鎖帷子を着けていることまで含めてね。あなたと話していてピンときました。吉原のことをよく知らない、とね。あなた、誰なんです。鱗形屋の本当の子じゃないでしょ。もしかして、鱗形屋はあなたの顔を眼で見ることができなかったかもしれない。つまり鱗形屋の眼が見えなくなってから、養子に入ったんじゃないですか。眼が見えなくなった鱗形屋に代わって、わたしへの恨みを晴らしてやると吹き込んで。あなた、徳島と秋田、どっちの回し者なんです」

「どっちも脛《すね》に傷を持つ身です。だが越中様（松平定信）も両方改易したのでは、天下への影響が大きすぎて手に余るとお考えになったのでしょう」

いきなり斎藤十郎兵衛が松平定信を持ち出して、威丈高《いたけだか》な面持ちに変わった。まるで蔦重に襲いかかったことなど忘れたように。この斎藤十郎兵衛の変化を受けて、蔦重は斎藤から奪い取った匕首を、汨橋から川面へ投げ捨てた。

「いい判断です。あの隠密廻から同心株を買ったわたしは、北町奉行所の者でもあるのですから」

戦うのを止めた蔦重に、斎藤十郎兵衛は眼を細める。褒められてもうれしくない、と蔦重は顔をしかめる。

「どっちにせよ、身辺を脅かされるのは、気持ちのいいものじゃありませんよ」

「先ほど蔦重さんみずからおっしゃられた通り、眼代わりがこの斎藤だけとは限りませんよ」

「そうですね」

蔦重が賛意を示す。そもそもこの斎藤十郎兵衛では、蔦重の自宅まで入りこめない。

「阿州侯召し抱えとなったと思ったら、次は鱗形屋の養子だ。さらには引退する隠密廻の後釜に座ろうとしたりする。コマネズミみたいに忙しいですな」

だが斎藤十郎兵衛は、蔦重の挑発に乗らなかった。

「わたしにお答えできるのは、どちらにも蔦重さんを狙う動機があるということです」

他人事のように告げた斎藤十郎兵衛だったが、言葉を継いで付け加えた。

「蔦重さんを狙っているのは、きっと貸本屋としてのあなたに尻尾をつかまれたと恐れたからでしょう。馬場文耕のときと同じですよ。秋田藩は潰れるなら徳島藩が潰れろ、と願っていますよ。徳島藩はその逆ですな。互いに相手の不幸を祈っているわけですが、両方の藩士に共通するのは、自分の属する藩だけは無事であってくれ、と祈る気持ちです。むろん藩のためじゃない。自分のためです」

斎藤十郎兵衛からこれ以上聞きだすのは無理だと察した蔦重が、表情をあらためて相手に尋ねる。

「それはそうと、斎藤さん、とやら。あなたはどうします。まさか例の隠密廻の後釜として面番所に詰めるわけにもいきますまい」

「蔦重さんに気づかれねば、そうするつもりだったんですけどね、吉原の面番所に詰めれば実入りがいい。仕方がないので、別口を探すことにします」

そう言い残すと、斎藤十郎兵衛は後ろも振り返らずに歩き去っていった。その後ろ姿を見送った蔦重が、格闘のあとの両腕を軽く叩いてつぶやく。

「骨折り損のくたびれ儲け、だったな」

写楽の行方はわからず、蔦重の身辺で起きている不審の正体も不明のままだ。

だが、わかったこともある。鱗形屋の意志だ。どうやら鱗形屋は誰かに指嗾《しそう》されただけではなく、己れの意志で蔦重を狙っている。鱗形屋を指嗾している誰かは、鱗形屋の恨みを利用しながら鱗形屋の陰に隠れている。おそらく自分の藩に改易される事実があるのが、公儀に露見してしまうのを怖れているのだろう。

やれやれ、と溜息をついて蔦重は引き返す。どちらへ引き返す——。吉原か、日本橋通油町か。成り上がりの蔦重が、平穏無事にいかないのは当然だ。それだけのことをしてきた自覚も、蔦重にはあった。

だが、しかし、それはそれ――とも蔦重は思う。虫が良すぎるのは重々承知だが、それでも平穏無事に過ごせたらな――そう願わずにはいられない。

ふざけるな――と罵声を浴びせられた気がした。

鱗形屋の声だったろうか。いや、違う気がする。

――あいつなら、鱗形屋と違って、おれを恨む筋合いがある。あいつならば。

だが、それは蔦重の心にしかない。こんなとき蔦重は、写楽の絵を思い浮かべる。

――写楽が描いてくれた似顔絵、失くさなければよかったなぁ。

夕陽が沈む小塚原の刑場が、かなたで静まり返っている。不気味に沈黙した殺風景に、なぜか蔦重の心は癒された。

第二章　消えた画号

一

それは養子に入って数年後のことだったろう。

今でも蔦重の耳に残っている。

――僕じゃない。

義兄の叫びだ。

――犯人はおれだ。

少年だった蔦重は義兄の叫びが耳によみがえるたびに、そう心でつぶやき続けていた。

引手茶屋を営む店の金が盗まれたのだ。

百文。百文こっきりだ。蔦重が盗んだのは、当時から弟分だった勇助が、寺小屋に支払う謝礼の一部だ。

一部というのは、値上がり分だ。百文くらい値上げしてもいいだろうと、寺小屋方は気楽に考えていたのだろう。謝礼を支払いに行くと、前触れもなく値上げを通告された。

だが、その僅かな銭が勇助にはなかった。蔦重にもなかった。無駄に買い食いをしたわけではない。美談といっていい動機のあったことで、申告すれば養父母も許してくれたろう。だが蔦重は決して言わなかった。当時から本音と建て前の違いがわかっていたのだ。

疑われたのは、日ごろから素行の悪い義兄だった。蔦重は義兄が泣き叫んでも、平気な顔で、そこにいた。

――たとえどんな理由があろうとも、一度でも店の金に手を付ければ、決して信用されなくなる。ましておれは養子じゃないか。

蔦重の賢かったところは、その後二度と店の金に手を付けなかったことだ。もし手を付けたのが露見すれば、養父母は必ずこの件を思い出す。せっかく義兄が犯人と信じ込んでいた養父母に、要らざる疑念――蔦重にとっては――を起こさせることになる。

だから蔦重はその後も、その前と同じように、油断なく品行方正に生きた。自分が養子であることを片時も忘れなかった。

その後、義兄が首を吊ったときもそうだ。蔦重は養父母に知らせるより先に、遺書が残されていないか入念に探した。もし遺書に蔦重への非難があった場合、養父母がそれを信じかねないと案じたからだ。義兄に遺書がないのを確かめてから、蔦重は首を吊った義兄を、発見してすぐ養父母のもとに駆け込んだふりをして知らせた。

我ながら真に迫った演技だったと思う。だが養父母にその演技を信じ込ませたのは、養子に入って以来、積み重ねてきた信用ゆえのことだと、蔦重にはわかっていた。

なぜ義兄が首を吊ったのかは、蔦重にも分からない。わからない、と言うより考えてもみなかった。もっと心配な点があったのである。店の金をくすねられるのは、義兄か蔦重しかいなかったのだ。しかも百文だ。たっぷり小遣いをもらっていた義兄が、くすねるには少額すぎるようだ。その点を蒸し返されるのでは、と蔦重は恐れた。

だがそこでも蔦重の印象操作が効いた。義兄が百文の銭など軽く考えてくすねた、との印象を、その後も養父母に与え続けているのを知って、少年だった蔦重は安堵の胸を撫でおろした。

蔦重は七歳で叔父の引手茶屋の養子に入ったときから、義兄にひどくいじめられた。殴《なぐ》られたこともある。突き転ばされたこともある。唾を吐きかけられたことすらあった。

蔦重は義兄が嫌いだった。だが剝き出しの憎悪を向けられてこそ、相手の心を見透かせる。見透かせるのは、欠点だけではない。いや、欠点よりも美点の方が、心に焼印されたように鮮やかになるのだ。

義兄は決して僅かの銭も、ゆるがせにするような人ではない。おそらく義兄のそういった気質は、その素行の悪さに頭を悩ませていた養父母よりも、蔦重の方が、はっきり見えていたに違いない。

機会がやって来たのは、まったくの偶然だ。だが偶然を咄嗟《とっさ》に機会としてつかんだ蔦重は、義兄に罪を擦り付けた。いや、義兄が首を吊ったときには、もっと恐ろしい復讐をした。養父母どころか、誰にも言えないような。

首を吊った義兄は、うなだれたような恰好で、鴨居《かもい》にぶら下がっていた。首を吊ったのが義兄だとわかったとき、ほくそ笑んだのを、蔦重はいまも憶えている。鴨居にぶら下がった義兄の足元で遺書の有無を探す少年だった蔦重は、きっと眼をギラギラとさせる小鬼のようだったろう。だが蔦重はもっと恐ろしいことをしていたのだ。

百文をくすねたのが蔦重だったと、勇助が勘付いたとしても、義兄が首を吊ったときに、蔦重がしでかしたことは察せられまい。百文をくすねたのち、蔦重は若い衆の手伝いをして小遣いを稼ぎ、幼いながら勇助も子守りなどをして、値上がりした寺小屋の謝礼の足しにした。

蔦重はよく勇助に言ったものだ。

――読み書きができなくちゃ、金は稼げん。

義兄が死んだ後、養父は蔦重を跡取りにして引手茶屋を継がせようとしたが、蔦重はこれを固辞した。おかげで義理堅いとの評判が吉原中に立ち、危ない仕事でも進んで引き受ける蔦重の信用は高まった。彼の最初の成功（『吉原細見』やこれに続く『一目千本』）は、そのせいもあるのかもしれない。

蔦重は引手茶屋の跡目を固辞する代わりに、その店先で貸本屋を開かせてくれるよう依頼した。貸本屋を開く方が引手茶屋を譲るより安く済み、しかも各大名屋敷（吉原の常連客）を得意先とする貸本屋の情報を得られた。養父にとっても、蔦重の貸本屋はまったく損がなかった。

貸本屋は綺麗事ではやっていけない、ということを、蔦重は吉原の雰囲気から学んでいたのかもしれない。吉原へ遊びに来る客の目的が一つなように、貸本屋も客の好みに合わなければ借りてくれない。

おまけに貸本屋には、情報屋としての一面もあった。とても一人では手が回らない。だから貸本屋を開くと、すぐに勇助を雇い入れた。蔦重は読む本の好みに、男女差、年代差があるのに眼を付けて、貸し出す本を吟味《ぎんみ》した。吉原の女たちには色恋物を、そして大名屋敷の勤番士たちには、相手の顔色を見て、時には春画を、そして時には他藩の暴露物を薦めたりした。

蔦重には、そういった点で嗅覚があったのだろう。貸本屋は繁盛し、すぐに勇助だけでは手が足りなくなった。そんなとき勇助が連れてきたのが鉄蔵である。鉄蔵は相手の顔色がまったく読めず、勇助みたいに役立たなかっただけでなく、ひどく強情で意地っ張りだったが、絵師も彫師も務まる器用さを買って、蔦重は手元に置いておいた。

もっとも鉄蔵本人は、さっぱり腰が定まらなかった。彼はちょっと気に入らないことがあると、ぷいと出て行ってしまい、もう二度と帰ってこないのではあるまいかと思っていたら、ある日、何の前触れもなく、昨日もいたような顔で戻ってきたりした。

勇助はそんな鉄蔵の風来坊ぶりに恐縮しきりだったが、蔦重が気に留めた様子は一向になかった。

――鉄蔵は持っているよ。

それが蔦重の口癖だった。

蔦重が鱗形屋から『吉原細見』を任されたさい、ずいぶんしゃれた本袋を、鉄蔵はつくってきた。蔦重にも勇助にも真似できぬことである。しかも大して金が掛からず、蔦重と勇助の面倒といえば、鉄蔵をおだてることくらいだった。

二

天明の大飢饉にさいして、浅間山の大噴火で薄暗くなった空の下、千住宿で飢饉がひどい東北地方へ向かう各妓楼の女衒《ぜげん》たちの進発式のようなことが行われ、それらの女衒たちの尻を叩いたのは蔦重だった。

これから東北地方へ向かう女衒たちに対して、蔦重は懇切な注意を与えた。あまりに懇切過ぎて、その場の女衒たちは気づかなかったろうが、もし朋誠堂喜三二（秋田藩の留守居役筆頭）の書付があったなら、東北諸藩が領界に巡らせた非常線を楽に通過して、もっと女衒たちの仕事は捗《はかど》っていただろう。

いかに吉原との縁があろうと、朋誠堂喜三二の本名は平沢常富であり、正真正銘の秋田藩士である。朋誠堂喜三二が日ごろ吉原で見せる砕けた態度に、蔦重は惑わされなかった。吉原の女衒たちに書付を配り、それがのちになって秋田藩全体に累《るい》を及ぼす元凶になりかねない、と朋誠堂喜三二が案じることを、蔦重は見抜いていたのである。

　だから蔦重は朋誠堂喜三二と昵懇《じっこん》であるにもかかわらず、東北地方へ向かう女衒たちの書付を求めなかった。朋誠堂喜三二の存在に気づかせないよう吉原を誘導していったところが、蔦重の巧みさだ。

　えらく勘がいい鉄蔵が、馴《な》れ馴れしく、しかも明け透けに蔦重へ言ったものである。

「アッタマいいねぇ」と。

　しばらくして女衒たちは続々と江戸へ帰ってきたが、蔦重はいちいち千住宿まで出迎えた。神妙な面持ちで出迎える蔦重は女衒たちに誠実な印象を与え、現地の情報も取りやすくなった。

　ある女衒の報告は、蔦重の与えた注意に信憑性の裏付けを与えた。別のある女衒の帰還が遅れていることについて問うた蔦重に対する答えだ。

「あいつ、殺されましたよ」

　驚く蔦重へ、その女衒は続けた。

「重さんの言いつけを守らなかったからです」

「どういうことです」

「重さん、決して現地の田んぼに入ってはいけない、と注意しましたよね」

「そうです」

「あいつ、重さんの言いつけを守らず、現地の田んぼに入ったんです。稲に実が入ってるか青立ちなのか確かめようとしたんですね」

蔦重の顔色が変わる。

「おれは止めたんですよ。重さんの注意があるじゃないか、と。でも、あいつ、現地の状況を確認するのが大切だと言いよりましてね。飢饉で米作が全滅したとされる弘前藩領で見つけた田んぼに、ずかずかと入っていったのですよ。おれはやめとけ、と声を嗄《か》らして止めたんですけど、あいつ、聞きませんでした。その田んぼは重さんが注意してくれたような、青々として豊作か不作か見分けがつきにくい田んぼでした」

無言で腕組みした蔦重に、その女衒は続ける。

「田んぼに入ってイネモミを手に取ったところを後ろから襲われました。たぶんその田んぼを持っている百姓でしょうな。背後から鍬《くわ》で殴《なぐ》りつけたんです。『このコソドロめ！』と叫んでね。いやぁ、あの百姓、恐ろしい形相をしていやがりましたよ。重さんが言った通り、その辺の博徒なんぞでは出せない迫力でしたね。おれ、殺しの場面を目撃しましたけれども、鍬で殴り殺されるのだけは御免蒙《ごめんこうむ》りたいですな。血まみれになってヒクヒク痙攣《けいれん》しているのにまだ息絶えないんですから。あの百姓、真っ赤なぼろきれみたいになったあいつが動かなくなるまで執拗《しつよう》に鍬を振り下ろしてましたね。そのたびにおびただしい血飛沫《ちしぶき》が宙を舞って、あの百姓にも吹き付けていましたよ。あいつがついに息絶えると、今度はあの百姓の女房と倅《せがれ》と思しきやつらが出てきてね。あいつの死体を引きずって、田んぼの道端にカカシみたいに晒しよりましたよ。それを見た件の百姓、返り血で真っ赤になった顔で、カカシみたいに晒されたあいつを指さして高笑いしたんですよ。なんで、あいつを助けなかったかですって？　重さんなら承知だと思いますが、多少荒っぽいのに慣れた程度じゃ、くるりと背を向けて逃げ出すのが関の山ですぜ」

蔦重は沈痛な面持ちでうなずいてみせた。

「あの人にちゃんとお悔やみの金を払うよう楼主たちに話しておきます」

そう請け合った蔦重の袖を引いたのは、扇屋から派遣された女衒だ。悲痛な表情もそこそこに、蔦重はその女衒に尋ねる。「どうでした」と。

その女衒はしばらく黙り込んだあと、蔦重にささやいた。

「重さんの眼で見てくれませんか」

蔦重は扇屋で二階廻しをしていたこともあり、その女衒とも顔見知りだ。「連れておいでなさい」と、蔦重がささやき返したのを聞いて、その女衒は安堵したような顔で、蔦重の前に東北地方から連れ帰った少女たちを並べた。

蔦重は笑顔で、それらの少女たちを見やったが、その女衒が一人で戻ってくると、難しい顔をしてみせた。

「わたしの見たところ、とても五代目（花扇）を継げそうな娘は見当たりませんな」

「やはり重さんの見立てでもそうですか」

「あなた、何をしていたんです。現地は入れ食い状態だったでしょう。なのにいい娘をつかめないとは」

「わたしは重さんの言いつけを守って、地逃げが始まるまで待っていたんですよ。でも地逃げが始まったあとの混乱ぶりのひどいこと、とてもじっくり腰を据えて娘たちを目利きするどころじゃなかったですよ」

「そこは臨機応変じゃないですか」

蔦重に非難されて、その女衒は頭を掻いた。

「扇屋さん（宇右衛門）のご機嫌はどうだろう」

おそるおそる尋ねるその女衒に、蔦重は厳しい眼ざしを向けた。

「いいわけがないですよ」

いまの花扇（四代目）が当たり過ぎたのもある。吉原一の名妓《めいぎ》と謳われるまでになった。あと三年はもつだろう。だがそのあとを見極めて、五代目を用意しておくのが、楼主（扇屋宇右衛門）の務めだ。

　蔦重の態度を目の当たりにした、扇屋の女衒が、急に言い訳がましくなる。猫なで声で掻き口説くように言った。

「さっき重さんに披露した娘たちのうち、いちばん左にいた娘だけどね」

「ええ、覚えています」

「あの娘、綺麗じゃないですか」

「そうですね。確かに器量よしです。痩せてもいなければ薄汚れてもいない」

「そうでしょう」

　勢い込んだ扇屋の女衒に、ぴしゃりと蔦重は返した。

「でも、だから伸びしろがないとも言える。どうやら、ちゃんと飯が食えて、風呂にも入れたらしい。そりゃ飯も食えず風呂にも入れなかった娘より綺麗に決まっています。もしかして、あの娘、自分から其方に売り込んできたんじゃないですか。ちょっと育ちすぎているようです。すでに男を知っているのかもしれません。その手の娘を妓楼がどう評価するかは、其方ならよくご存知でしょう」

　現在の花扇も、まだ年端《としは》も行かないうちに、吉原に連れてこられた。扇屋の楼主に見込まれて、いろいろと仕込まれた。性技だけではない。芸事まで含めてである。中でも手跡の綺麗さは群を抜いており、彼女の売りの一つになっている。

そういえば、と蔦重が思い出したのは、喜多川歌麿だ。歌麿に好きなように吉原で遊ばせたのは蔦重である。その歌麿が、そっと蔦重に打ち明けてきた。「花扇に惚れた」と。飛び切りの女なら、歌麿は簡単に惚れる。『寛政三美人』の「難波屋おきた」にも「高島おひさ」にも簡単に惚れた。だから「扇屋の花扇」に惚れても、別に驚かないが、それでも蔦重は首を横に振った。「花扇はやめておけ」と。

蔦重は花扇をよく知っている。彼女自身に頼まれて、その道中の供をしたこともある。夜の褥《しとね》に誘われたことまであった。このことを話せば、歌麿は「おれも兄さんの後に続きますよ」と勢い込むだろうから、蔦重は黙っていた。

蔦重が花扇を避けたのは、彼女の心性を見抜いたからである。相対死（心中）の相手に選ばれちゃかなわん、と思ったからだ。だが、それを歌麿に言ったら、かえって喜ぶかもしれない。ほんとうに花扇と心中するかもしれなかった。

だから蔦重は、歌麿の「のぼせ」が冷めるまで、やんわり注意を与えただけで、他には何もしなかった。花扇の絵を描きたいと言ってきたときも、花扇と引き合わせた。会わせるくらいでは、男女の仲にならない。歌麿は花扇が筆で文をしたためている姿を描いたが、花扇が歌麿に描かれたのは、決して歌麿に好意を抱いたからではなく、歌麿に描かれれば江戸で大きな評判になると知っていたからに過ぎない。

蔦重はわざと歌麿を花扇と二人きりにしたが、それでも二人は男女の仲にならなかった。じつは歌麿があまりモテないと知っていたのだ。花扇につれなくされるうちに歌麿の熱意も冷め、じわじわと蔦重の助言も効いてきたのか、歌麿が花扇と心中することはなかった。

扇屋の五代目探しは期待外れに終わったが、それでも蔦重は女衒たちから貴重な情報を得るのに成功した。帰ってきた女衒の幾人かが蔦重へ告げた。

どうも北関東の状況が不穏だ――と。このたびの浅間山の大噴火の招いた凶作で、北関東の農家が立ち行かなくなり、潰れ百姓たちが続々と江戸に流れ込んでいるらしい。彼らを手引きしているのは、地元の博徒たちだった。

――ならば江戸の治安が危ういな。

江戸打ちこわしが起きたとき素早く対応できたのは、このときに得た情報のおかげだったのかもしれない。

三

吉原には独特の雰囲気がある。あまり才能のない文人は、それを「桃源郷のよう」と表現するが、吉原の楼主たちは狙ってそうしているのだから、「桃源郷のよう」はあながち間違いではあるまい。

吉原は夜の街である。日本初の不夜城だった。これが当時の人々に受けた。ようやく庶民にも光源が出回ってきたような時代に、仲之町通りは煌々《こうこう》と輝いていたのである。桜の季節には満開の桜樹を植樹するので夜桜見物までできた。

眼にまばゆい仲之町通りに足を踏み入れ、ふだんではお目にかかれない美女たちに出迎えられれば、たいていの男たちは吉原狂いになってしまう。蔦重の出世作となった『吉原細見』もそれを狙ったものであり、細見の人気が高まるほど吉原の深みにはまってしまう若者が増えるという世間の非難も、もっともだと当の蔦重でも思う。

だが蔦重は吉原に狂うことはない。吉原で生まれ育った彼にとって、そこは桃源郷でも何でもなく、現実そのものである。

妊娠せぬよう詰めた紙を膣《ちつ》から取り出す女郎たちを、蔦重は目の当たりにしてきた。

男の精液にまみれた膣を洗い流す女郎たちの、精液を膣に放った客への罵声を耳に育ったのだ。

そんな蔦重が、微《かす》かな共感を抱いたのは、火の番を務める者である。吉原の夢幻《むげん》を演出している大きな要素の一つが、火だったからだろう。

蔦重が日本橋に店を構えるさい、吉原から火の番を一人引き取ったのは、おそらく吉原にいたときに抱いた共感が、理由の一つだったと思われる。

蔦重が引き取ったのは、失火しない慎重さ以外に取柄がなさそうだ、と言われた、もう老人といってもよい年齢の火の番だった。

なにも、あんな年寄りを雇わなくても——と喧《かまびす》しい周囲を蔦重は制した。

「失火をしない、というのは火の番にとって、最も大切なことでしょう」

周囲が渋るのを押し切って採ったのが、いまも日本橋の蔦重の店にいる火の番である。彼は店に住み込んで、おもに風呂焚きをしている。あまり役には立たなかったが、勇助以下の使用人たちも、主人である蔦重が何も言わないので、黙ってこれに従っていた。

近ごろ、蔦重は店の使用人たちにも行き先を告げずに、どこかへ出ていってしまう。散歩といってもいい時間で戻ってくるので、誰も蔦重に行き先を尋ねないが、みな不思議がって、どこへ行っているのだろう、とひそひそささやき合った。

いまも蔦重の店には、二十八点に及ぶ写楽の浮世絵が、壁一面に掛けられている。蔦重が片づけを命じないので、そのままになっているのだ。手代たちは番頭の勇助に、蔦重へ片づけを進言してくれるよう頼んだが、勇助はかぶりを振るばかりだった。

今日も蔦重は店の壁一面に貼られた写楽の浮世絵に見送られ、ふらふらと出かけていく。写楽の絵はどれも同じ眼をしていて、蔦重には守護札のように感じられるのだ。

吉原に向かうのかと思いきや、蔦重はさらに千住宿の方へと北を目指す。山谷堀《さんやぼり》を越え、思川《おもいがわ》を越えると、蕭条《しょうじょう》たる荒れ野に出る。向こうに夕陽を浴びた石造りの黒い人形の影が見えてくると、蔦重は立ち止まった。

目立つ石造りの黒い人影を、周囲は首切地蔵《くびきりじぞう》と呼んでいる。此処は小塚原刑場であり、かなたに見えるのは常行堂《じょうぎょうどう》だ。

ふらふら歩いてきた蔦重が、額の汗を拭く。もう暑い時期であり、その動作は少しも不自然に見えなかったが、蔦重は汗を拭くふりをして、汗拭きの手巾に隠したガラス片で、背後を確認していたのである。

ふらふら歩いているからといって、蔦重を舐《な》めてはいけない。彼はふらふら歩きながら、跡を付けてきた者の正体を見極めていた。

蔦重は虚《うつ》ろな眼ざしで、あたりを見回した。小塚原刑場の獄門台《ごくもんだい》に晒された首に、一人の老婆がすがりついて泣いていた。獄門台の近くには見張りが二人ほどいたが、その老婆を厳しく制止するでもなく、かといって慰めるでもなく、無関心な様子で手持ち無沙汰にたたずんでいた。

蔦重は刑場の中に入っていく。二人の見張りは蔦重の顔を知っているらしく、軽く会釈《えしゃく》をすると、また手持ち無沙汰にたたずんだ。どうやら二人は吉原の地廻りで但馬屋の息がかかっている者のようで、そのため蔦重の顔も知っているのだろう。

蔦重は獄門台の首を一瞥《いちべつ》したが、すぐにその脇を通って埋葬地をのぞむ。一面に名の記されていない卒塔婆《そとば》が立つ埋葬地が広がっている。此処に埋められているのは、刑死者を含めた無縁仏である。

地方から出てきて江戸で無縁となる者は数知れない。この小塚原刑場でも、刑死者よりこれらの無縁の方が多いくらいだ。

虚ろな眼をして、蔦重は無縁の埋葬地を見渡している。ねじ曲がって居並ぶ貧弱な卒塔婆は押し黙っていたが、蔦重はその埋葬地に向き合ってつぶやいた。

「写楽はもうこの世にはいないのかもしれないいな」

夢遊病にでもかかったように、ふらふらと首切地蔵の陰に入る。近づくと、巨大な石の塊だと分かる首切地蔵は、人ひとりをすっぽり覆い隠すほど大きく、蔦重の姿も埋葬地から見えなくなった。

炙《あぶ》り出されたように刑場に駆け込んできて、首切地蔵の傍できょろきょろし始めた男の背中に回った蔦重が、声をかけた。

「利兵衛《りへえ》、こんなところで何をしているんだい」

蔦重の呼びかけに振り向かされたのは、元の吉原妓楼の火の番で、いまは蔦重の店で風呂焚きをしている老人だった。あまり名を呼ばれることはないが、利兵衛というのがその老人の名だった。

「いやいや、じつは旦那様」

へどもどしながら、利兵衛は言い訳しようとする。

「店の者たちも番頭の勇助さん以下、みな旦那様の行く先を不思議がっておられます。そんなわけで、わたくしめに旦那様の行く先を突き止めるよう、頼まれたしだい」

だが蔦重は、これに耳をかそうともせず告げた。

「利兵衛というのは、おまえの本当の名じゃないだろ」

利兵衛がぎくりとしたように、首をすくめた。

「あんたは木村屋善八《きむらやぜんはち》だよ」

図星を指され、利兵衛はその場で棒立ちとなった。『吉原細見』が蔦重のものとなる以前に、鱗形屋が独占していた細見を請け負っていたのが木村屋善八だ。鱗形屋の傘下にあった零細な木村屋が細見を失った打撃は壊滅的だったはずだが、吉原で木村屋善八を憶えている者はおらず、鱗形屋自身が細見を手掛けていると、みな勘違いしていた。

かつて勇助が提出した店の使用人の身上書には、利兵衛の分もあった。それには吉原の経歴が仔細《しさい》に記されていた。どの妓楼で不寝番を務め、仲之町通りでは誰とともに火の管理をしていたかなど、吉原時代の全てが書き上げられていた。

他の使用人より分厚い身上書を、繰り返し読むうち、身上書に書かれていることに矛盾がないか確かめているうちに、あることに気づいた。吉原で火の番を務める以前のことが、まったく書かれていなかったのだ。

これに気づいた時点で、蔦重は利兵衛に違和感を抱いた。よみがえってきたのは、店にやってきた鉄蔵と鉢合わせした光景だ。あのとき利兵衛は素早く顔を伏せて隠れた。鉄蔵の方は平然としていたのに。鉄蔵の話によると、むかし彼は木村屋の使い走りをしたことがあったという。鉄蔵は木村屋の顔などは忘れたと笑っていたが、利兵衛の方は鉄蔵の顔を憶えていたのだろう。

おそらく勇助は貸本屋仲間の情報力を使ったと思われる。もし貸本屋仲間に小細工を仕掛けられるとすれば、鱗形屋の手先だった木村屋善八を措いて他にない。

そもそも「見えない敵」は、蔦重の自室にまで入り込んでいる。そんな真似ができるのは、店の使用人くらいだ。

蔦重は少し迷ったが、利兵衛の正体を探るのに、但馬屋を使うことに決めた。吉原の面番所で隠密廻同心の下役を務めている但馬屋とは、江戸の打ちこわしのさいに遣り取りがあった。鱗形屋が先回りして但馬屋を抱き込んでいないかとの危惧はあったが、鱗形屋は例の隠密廻と蔦重の関係に不安を抱いたのか、例の隠密廻の下役であった但馬屋に手を回していなかった。

利兵衛が木村屋善八であると突き止めた蔦重の理性は、利兵衛をもう少し泳がせた方がいいと判断したが、けっきょく蔦重が選んだのは、早い勝負だった。

余命を知っていたのか。蔦重には江戸患《わずら》いの兆候がはっきりと表れている。だが、それだけなら恰好いい。いくらも世間に対して言い訳できる。だが蔦重は、彼の心にある焦りを無視できなかった。

余命を知っても、それまでは生きたい――何とも浅ましく恰好が悪かったが、それが蔦重の本心だった。

だから蔦重は、この小塚原刑場に利兵衛をおびき寄せた。蔦重は胸にある策を秘めていたが、いざその策を施そうとしたところへ、とんだ邪魔が入ってきた。

「こりゃ耕書堂の旦那じゃないか」と、バカでかい声が割り込んできたのである。鉄蔵だ。口の周りに飯粒を付けて高笑いする鉄蔵は、小塚原刑場に獄門首が晒されたと聞いて、写生に来たらしい。

蔦重がうんざりした口ぶりで告げる。

「鉄蔵、もうちょっと気の利いたものを写生しろよ。舐めるように女を描いた歌麿の方が、まだ気が利いているぞ」

「でも怪談の不気味さを出すのに、獄門首よりうってつけのものをおれは知らんよ。旦那がうってつけのものを教えてくれるんなら話は別だけど」

「世話の焼けるやつだな」

口の周りのあちこちに飯粒が付いているのを見ると、鉄蔵はこの凄惨《せいさん》な小塚原刑場で、パクパク昼の握り飯を食ったらしい。

調子が狂うな、と蔦重が溜息をついたとき、手持ち無沙汰にしていた見張りの二人が、蔦重の方へやって来た。「何かお手伝いしましょうか」と聞いてきたが、これが効いた。がっくりくずおれた利兵衛が、観念したように両の手のひらを合わせる。これを見て蔦重も、咄嗟に策を戻す。平然とした顔をしていたが、心はあたふたと偶然に飛びつく。その方がじっくり練ってきた秘策よりも、よほどよかった。心はあたふたとしていたが、あくまで冷然とした面持ちで、がっくり降参した利兵衛を見下ろして告げた。

「いま此処であんたを消すのは簡単だ。此処ならば、あんたを無縁仏の群れの中に隠したとて、誰にもわかりゃしない。この連中が、手伝ってくれるだろうよ」

と、顔もよく憶えていない二人を指す。

他人の修羅場に関心がないのか、獄門首の写生に戻っていこうとしている鉄蔵を引き戻して、蔦重が利兵衛に言った。

「鱗形屋の隠れ場所もわかっている。この鉄蔵が探し当てたんだ」

蔦重の言い方では、まるで鉄蔵が腕利きの情報屋のようだ。ほんとうのところ、鉄蔵はそのつもりもなく、たまたま鱗形屋の隠れ場所にぶつかっただけに過ぎない。

蒼ざめた利兵衛に、蔦重はとどめを刺す。

「鱗形屋、眼が見えなくなっているだろ」

これで利兵衛は、蔦重が全ての事実を把握していると錯覚した。

「帰っていいよ。耕書堂へ」

蔦重の言葉を聞いて、利兵衛が驚いて眼を見張る。蔦重の腹が読めずに、思わず首をかしげる。だが利兵衛の立ち去ったあとに、蔦重の耳元でささやいた鉄蔵の方は、ちゃんと蔦重の狙いが読めていた。

「うまくやりましたねぇ。おれに感謝してくださいよ。すっかり知ったかぶりを決め込んで、もし奴の仲間がほかにも耕書堂にいたなら、あの木村屋善八自身に炙り出させようって寸法だ。他に旦那の知らないことがあったとしても、旦那に全て知られていると信じ込んでいる木村屋善八の動きを見張っていれば、苦も無くつかめますぜ」

蔦重は渋い顔をして、まじまじと鉄蔵を見ていたが、やがて感心したようにつぶやいた。

「鉄蔵は勘働きが鋭いな。それだけ勘がいいのに、なぜ兄弟子の春好とケンカして勝川派を追い出される羽目に陥ったんだ」

「あんなボケナス揃いの勝川派なんぞ、こっちから願い下げだ。おれは琳派《りんぱ》に入ることに決めた。もう名ももらってある。『宗理《そうり》』っていうんだ。おれの絵を認めていなくちゃ、そんな名は寄越さないぜ。たいしたもんだろ」

鉄蔵は胸をそらせて自慢したが、蔦重はかぶりを振るばかりである。正直なところ「その『宗理』もいつまでもつんだか」と感じざるを得ない。

また鉄蔵は獄門首を写生しだす。獄門首とにらめっこするようにして。その異様さに獄門首に泣き縋っていた老婆も、後ずさりして鉄蔵をうかがう。鉄蔵は頓着なしにその獄門首の母親らしき老婆を押しのけて獄門首の正面に居すわり、紙を睨んで筆を走らせた。

今度はその老婆が手持ち無沙汰になる番だ。

無関心な様子で獄門首を見張っていた二人も、顔を見合わせる。再び二人がやって来たのは、蔦重のもとだ。

「好きに描かせてやれ」と蔦重は言ったらしい。二人の見張りが元の場所に引き返していくと、また蔦重は殺風景な埋葬地をのぞんだ。名の無い卒塔婆の群れが、蔦重の視界に広がる。

「もう写楽はこの世にいないのかもしれんな」

蔦重がこの光景を見たかったのは――この光景を見てそう感じたのは――近くに千住宿があるせいかもしれない。

千住宿には木賃宿が目立ち、江戸で無縁仏となる細民も多かった。蔦重はたった一度きりになった写楽との出会いをよみがえらせる。

全然江戸風でなかった野暮ったい身なり。そして蔦重は今も憶えている。屋台のそばを食っていくように勧めた蔦重に返してきたのだ。

銭がない――と。

なのに蔦重は憶えていない。写楽の顔を。彼の描いた似顔絵に覆い隠されてしまった。だがその似顔絵も失くしてしまったのだ。

――これじゃ、八方塞がりだ。

その蔦重の想いは誰にも伝わらない。勇助にも見当すらつくまい。

写楽との出会いをよみがえらせながら、蔦重は身じろぎもせずに、埋葬地の光景を見つめていた。

四

日本橋通油町の耕書堂で、版元の蔦重が番頭の勇助へ突然に命じた。

「伊勢国《いせのくに》に行く。支度をしろ。供は勇助一人でいい」

唖然とする勇助に、蔦重が目的を告げた。

「本居宣長《もとおりのりなが》の本を出すために会いに行くぞ」

「本居宣長って、あの――」

「そうだ。国学者として知られた、あの本居宣長だ」

店の壁一面に飾られた写楽の浮世絵を片づけるよう命じた、その翌日のことである。店頭から撤去された写楽の浮世絵が運ばれたのは、蔦重の自室だった。

――心機一転ということか。

そう考えた勇助だったが、それにしても急展開過ぎる。書物問屋の株を取った蔦重の意図に気づいた勇助ではあっても、蔦重についていくのに背一杯だった。

昨日までは江戸大衆相手にチャラチャラと娯楽本を売っていたはずなのに、明日は打って変わって本居宣長のような硬派を看板にするという。読者対象はどうするんだ、という勇助の心配をよそに、目途が付いているとしか見えぬ蔦重は、自信にあふれた様子だった。

「勇助、本居宣長先生といえば――」

上機嫌の蔦重が謎のように問う。首をひねった勇助が小さな声で答えた。

「『もののあわれ』――ですか」

「そうだ」

勢いよく蔦重はうなずいてみせた。

「ものの――は、なんか天が下した命運みたいな解釈で」

「そうだ。越中（松平定信）みたいな野郎のことだ」

「はぁ」

勇助は生返事したが、蔦重は自信満々に言い切った。

「越中みたいな災難が降ってきても、それを乗り越えてこそ浮かぶ瀬もある、という意味だ」

「はぁ」

また勇助は生返事した。疑わしげな勇助に、蔦重はニヤリと返した。

「耕書堂の主人であり、江戸で知られた版元であるこの蔦屋重三郎が、遠い伊勢国に住む本居宣長先生のもとへ自ら出向くというのが肝心だ」

「なるほど」

ようやく勇助が納得したようだ。

伊勢講のあった時代である。生涯積み立てて、やっと伊勢に行けるかどうかという、旅の大変な時代だった。そんな時代に、蔦重はわざわざ伊勢国まで本居宣長を訪ねるという熱心さを、示すというわけだ。

「まだ江戸で本居宣長のもとへ出向いた版元はおらん。必ず一番乗りするんだ。急ぐぞ」

蔦重は慌ただしく江戸を発ったが、どさくさに紛れても、発つ前に留守番の手代に言い置くのを忘れなかった。

「もし写楽を名乗る人が来たなら、残りの半金だとこれを渡すんだ」

二十五両包みを預けた蔦重は、念を押すように注意を与えた。

「受け取りを書かせるのを忘れるな」

それには住所を書かねばならず、大金を渡すのだから、担当の手代は、書かれた住所に間違いがないか確かめねばならない。

その処置をしておいて、蔦重は勇助を供に江戸を発った。東海道を進む道中、勇助は常に蔦重の背後に従ったが、その背中が病んで見えた。

気のせいか——そう思いたかったが、かつての記憶は鮮やかで、見直しても見直しても、違和感が消えなかった。

歩速は同じでも、むかしとは動きが違うように見える。

大店の主人である蔦屋重三郎と、その番頭である勇助は、どの宿場でも必ず大旅籠に宿泊した。楽に寝泊まりできるはずなのに、なんだか蔦重は疲れた様子だった。

——むかしは木賃宿に泊まっても、あとに続くおれが青息吐息になるくらい元気だったのに。

そう勇助が案じるうちに、二人は尾張国に入った。

「この辺は中村っていうんだろ」

蔦重は歩みを緩めずに、ぽつりと言った。なぜそう言ったのか、勇助にはわかった気がした。蔦重の実父が生まれたのは、この近在らしい。

まだ中村遊郭は誕生していなかったが、それでもあんまり土地柄はよくない。

「似ているな」と、蔦重はつぶやいた。どこに似ていると感じたのかは、言わない。

だがこう付け加えた。

「此処はおれの故郷じゃない」

蔦重が吐き捨てたとき、門を開け放った一宇《いちう》の寺が、二人の眼に飛び込んできた。

ぎょっとして立ちすくんだ勇助が、蔦重の横顔をうかがう。開け放たれた門の向こうから、こちらを凝視する二つの眼が見えたのである。

蔦重が迷わず寺の門を潜って中に踏み込む。あたり一面、無人の墓地で、こちらを凝視する二つの眼の正体は五月人形だった。墓に供えられていた五月人形を一瞥した蔦重の表情が、少し変わった。

その五月人形に見覚えがあったのだ。勇助が蔦重を盗み見る。勇助ですら見覚えがあるのだから、蔦重が憶えていないはずがない。

勇助の脳裏をちらと掠めた。あの光景が。

あれは端午《たんご》の節句のことだ。何年前の端午の節句だったのか憶えていないが、勇助はまだ幼く、端午の節句に五月人形を贈られる暮らしとは無縁だった。

だがその子どもは、誇らしげに五月人形を抱えていた。弾ける笑顔のその子どもは、まだ自分が首を吊る最期を迎えるとは知らなかった。

「この五月人形の持ち主だったのは義兄だ」

蔦重は勇助の耳にも届くように発した。蔦重は何も言わなかったが、あの事件に蔦重が関わっていると、勇助も薄々勘付いている。

凍り付いたようにその場で棒立ちとなった勇助へ、蔦重は墓に供えられた五月人形に顎をしゃくってみせた。

「人形が自分の足で此処まで歩いて来ることはない」

確かにその通りだ。だとすると――この五月人形をこの寺に送ったのは、いったい誰か。

いちばんあり得るのは、蔦重の養父母である。あの五月人形の主の両親なのだから。

「あの人形がこんな所にあるなんて、全然知りませんでしたよ」

勇助が言ってみたところ、その五月人形が供えられている墓碑と、それが寺外からどう見えるかを調べていた蔦重が、勇助に相槌《あいづち》を打った。

「おれも知らなかったよ」

後ろも振り返らずに蔦重はその寺から立ち去る。五月人形には手を触れず、それが供えられていた墓碑についても何も言わない。

蔦重に従って寺を出るとき振り返った勇助の眼に、開きっぱなしの門扉からこちらを見送る五月人形の二つの眼が映った。

伊勢国に入ったころ、蔦重が口調を変えて問うた。

「跡を付けてくる者はなかったか」

常に勇助が蔦重の背後に付いた理由はこれだ。

「ございません」と勇助が答え、うなずいた蔦重が続ける。

「前のときも同じだったか」

かつて勇助が阿波に渡ったことを、初めて蔦重が話題にした。

このときに勇助は、徳島藩が幕府から米作を命じられた地を、勝手に藍作地《あいさくち》に変えてしまったことを突き止めていた。勇助は上方の藍商に化けて阿波に潜入したのだが、これは上方から阿波に渡る藍商というのは、有象無象の輩まで含めてわんさかおり、紛れ込みやすかったからである。

勇助が紛れ込みやすいということは、幕府の間諜もようよう入ってくるということだ。徳島藩にとっては由々しき問題だが、藍を売らないわけにはいかなかった。

藍玉一揆（藩の藍玉専売制に不満を持った地元民が起こした一揆）が勃発したさいも、一揆首謀者たちをすぐ捕縛したにもかかわらず、藍の専売をやめて地元民に大きく譲歩したうえに、処刑した首謀者たちを祀《まつ》るのを黙認して、素早い幕引きを図ったのは、藍作の実態を幕府に知られるのを恐れたためだろう。

藍作の実態など、とうに幕府も知っている。知られていても徳島藩に「違います」と強弁されれば、幕府も正式な検使を現地に送れないのだ。藩内で一揆が発生すれば、幕府はその機会をつかめるが、これも徳島藩の機敏な処置によって封じられた。

「（蜂須賀）南山公には近づけそうになかったか」

勇助が阿波から戻ったさい、日本橋通油町の店で、蔦重はそう尋ねた。

「はい」と勇助は答えざるを得ない。

すでに隠居しているにもかかわらず、蜂須賀南山の警固は藩主を超える厳重さだった。南山の周囲では藩士たちの眼がいたるところに光っており、その警戒網を潜り抜けることは、忍びの達人にもできそうになかった。

「たぶん、家中の者が案じているのは、南山公の御身ではなく、自分たちの身の上だろうな」

「そうでございましょうな」

勇助も同意してみせた。

もし前藩主が藩の秘密を白状してしまえば、それで徳島藩は終わりである。藩主の証言には、藩の命運を左右する重みがあった。ただの藩士とはまったく違う。もし藩士の誰かが藩を告発するような証言をしても「あんな不忠な者の妄言を、忠義の本元であるはずの公儀がお取り上げになるのですか」と抗弁できるが、藩主が相手ではその手は使えない。たとえ藩祖（蜂須賀小六）とは血の繋がらぬ他人同然の傀儡ではあっても、いったん藩主とした以上、その藩主の発言は絶対であり、全藩士はこれに従わなければならない。

郡上藩が潰されたのも、同じ展開である。あのときは幕閣ぐるみだと安心していたら、なんと幕閣の上に立つ徳川家重（九代将軍）自らが、乗り出してきたのだ。老中に疑義あり、と。郡上藩と幕閣の癒着を解明したのは田沼意次だったが、全ては徳川家重の権威があってこそである。六十六州全ての武士を束ねる征夷大将軍には、幕閣を代表する老中でも逆らえない。まして郡上藩主に逆らえるはずがなかった。藩主が逆らえないのだから、藩士にはどうすることもできない。改易だ、との上意が下れば、藩士一同クビになるよりなかった。

いまの場合、少年将軍は考慮に入れなくてもいいのだから、怖いのは老中首座として幕閣を牛耳る松平定信である。その松平定信が蜂須賀南山を召喚しようとしたため、徳島藩は震え上がったのだが、阿波に潜入した勇助が蔦重に提案してみる。

「徳島よりも伝手のある秋田の方が探りやすいかもしれませんな」

「勇助が言う伝手とは朋誠堂さんのことか」

勇助が何も答えずに蔦重をうかがう。厳しい表情で蔦重が続けた。

「先頭に立っているのは、その朋誠堂さんかもしれん」

秋田騒動の真相が後ろへ後ろへと隠されるにつれ、どんどん前に出てきたのは毒婦ナントカの醜聞《しゅうぶん》物語である。

「朋誠堂さんは戯作者でもあるからな。世間の眼をそらすための指揮者としてうってつけじゃないか」

お家騒動から世間の眼をそらすための創作として最も高い噂になったのは、鍋島藩《なべしま》（佐賀藩）の化け猫である。世間の眼が何に引き付けられるかは、娯楽本の版元である蔦重には、よくわかる。

「あまり朋誠堂さんを追い詰めるのはまずい」

耕書堂の版元でもある蔦重はそう言ったが、勇助の方は承服しかねる顔で、蔦重を仰いだ。徳島、秋田両藩を探るのは、蔦重の身に危険が迫っているからではないか。両藩には蜂須賀南山が佐竹氏出身という繋がりもある。もう少し攻めるべきでは、と考える勇助に対して、伊勢国に入ると蔦重は命じた。

「松坂屋は秋田藩（佐竹藩）の御用商人だが、出身はこの伊勢国だ。周辺を探って、もし何か出てきたなら、おれに知らせろ」

蔦重の気力が萎えていないのを知り、勇躍して勇助は意気込む。

秋田藩は領内に阿仁《あに》銅山などの鉱山が多い。松坂屋を招いたのも進んだ伊勢国の鉱山技術を習得するためだったと思われるが、平賀源内を招いたあたりから、どうもはっきりしなくなる。

源内を招いたのは、彼が鉱山技術に長じていたためか。そう考えるのが自然だが、彼が秋田に遺したのは鉱山技術ではなく、小田野直武に教えた西洋画の技術である。西洋画というと経済とは無関係な芸術みたいな印象だが、小田野直武が学んだのは、銀札の原板が彫れる緻密《ちみつ》な写生術だった。小田野の写生術が極めて高かったのは、彼が源内の推薦を受けて、あの『解体新書』の挿絵を担当したことからも明らかだ。

『解体新書』といえば杉田玄白だが、図版に詳細な解剖図を描いた小田野がいなければ、『解体新書』は成立していないのである。

「源内先生というのはどんな方でしたか」

若いころの平賀源内を知っているという蔦重だったので、勇助は気安く尋ねてみる。

すると蔦重の意外な答えが返ってきた。

「単純な人だったよ」

平賀源内は史上最も多芸な人だったと言われる。エレキテルで知られるが、脚本に『神霊矢口渡《しんれいやぐちのわたし》』という大ヒット作まであり、「土用の丑《うし》の日はウナギを食べよう」を世間に広めたとされる。

そもそも蔦重と勇助が追っている佐竹騒動の真相も、源内の登場によって、すっかり複雑になってしまった。

文系理系芸術系なんでもござれ、の源内を「単純な人」とは、何という言いぐさであろうか。

だが蔦重の言葉は明快だ。

「あの人の多芸多才は眼くらましに過ぎない。本人にそのつもりはなく、眼くらまされているのは世間のほうだがな。世間の評価はあの人自身にとっちゃ迷惑だったろうが、あの人の頭にあったただ一つのことは、『ウケル』ことだ。何をするにしても基準はそこだ。鉱山開発ならその藩にウケル、脚本を書くなら民衆にウケル、のが狙いだ。おれはあの人にトンボを勧められたことがある。あの人、トンボを分かっていたけど、おれに勧めたのはおれの方があの人より若く、トンボの才能があったからだ。あの人、ほんとうは自分でトンボをやりたかったんだよ。自分で舞台に上がりたかったんじゃないかな。舞台で大喝采を浴びたかったんじゃないかと思う」

受けるのに必死な源内のせいで、ますます佐竹藩の動きが見にくくなったが、それでも蔦重と勇助は動くのをやめるわけにはいかない。

本居宣長を訪ねる前に、勇助は松坂屋を探ったが、松坂屋は拠点そのものを秋田に移しており、勇助もめぼしい成果をあげることはできなかった。

勇助から報告を聞いた蔦重だったが、にぎにぎしく本居宣長の居宅を訪ねることを忘れない。

前日に使いを遣わして、翌日の訪問を告げる丁寧さである。持参の土産にも気を配った。本居宣長が豪商の主人であって、金に不自由していないことを事前に調べた蔦重は、江戸でしか手に入らない稀覯本《きこうぼん》を中心として、江戸名産の菓子などを贈ったのである。

当日、蔦重は吉原風の着流しではなく、むろん旅装でもなく、羽織袴に威儀《いぎ》を正した姿で、髷《まげ》もいつもの本多髷とは似ても似つかぬ武骨な髷を結って、本居宣長と対面した。

行き届いた贈り物に気を良くした本居宣長は、明らかに自分に会うために整えられた蔦重の姿形に、自尊心を満足させられた。

そのうえ背後に従う勇助が感心するほどに立て板に水の熱弁で、蔦重は本居宣長の著作の出版を願い出たのである。

もし蔦重が再び本居宣長のもとに来られる寿命があったなら、必ずその著作は耕書堂で出版されていただろう。

五

伊勢国からの帰途、蔦重は尾張国中村の例の寺に立ち寄った。

「住職に話を聞きますか」

到着前に勇助が訊くと、蔦重はかぶりを振った。

「その必要はあるまい。おそらくな」

なぜ蔦重がそう言ったのか、件の寺に着くと、勇助にもわかった。

やはり寺の門扉は開け放たれていて、その先には無人の墓地が広がっていたが、どの墓にもあの五月人形が供えられていなかったのである。

勇助が油断なく周囲を見渡して探す。

「たぶん此処にはもうないだろうなぁ」

蔦重のつぶやきを聞いて、勇助の表情が険しく変わった。

「ということはあの五月人形を此処に置いたのは、旦那様の養父母様以外の誰か、ということになりますな」

「そうだな。あれが開けっ放しの寺の門からのぞいているのを見たとき、あれは供えられたんじゃなくて、おれに見せるためにあそこに置かれたんだと気づいたよ」

蔦重が一歩先を理解していると察した勇助が、前に蔦重が墓碑を確かめていたのを思い出し、蔦重に倣ってその墓碑をあらためてみる。

見ず知らずの誰かの墓だった。墓碑を睨む勇助が、ハッと振り返った先に蔦重がいた。

「おれに首を吊った義兄がいたことまで知っているやつだよ」

視線に気づいた勇助へ、蔦重が口を開いた。

「どうやって付けてきたんですかね。背後はずっとおれが見張っていたんですが」

「背後から付けるばかりが能じゃない。前から付けるやつだっているんだよ」

「なるほど」

「いまごろは」

蔦重がおどけたように小手をかざす。

「もう江戸かもしれんぞ」

「わかりませんか」

「わからぬな、そこまでは」

気軽に答えた蔦重に、勇助が声を落とす。にじるような声で問うた。

「付けてきたのは斎藤十郎兵衛ですか」

「たぶんそうだ。本人に確かめたわけじゃないが」

「ならば確かめてみます、本人に」

「やつがいまどこにいるのかわかるか」

「わかりませんが、いま斎藤十郎兵衛はいたるところに跡を残しています。心ならずもそうなってしまったんでしょうが、裏に隠れることのできぬ斎藤十郎兵衛の行方なら突き止められますよ」

「そうか」

うなずいた蔦重は、それ以上言わなかったが、勇助は蔦重の注意を惹くように、はっきりと口にした。

「旦那様が知られていないと思っていることでも、周囲は案外知っているものです」

「たとえば」

蔦重が勇助に話を向ける。

「たとえば、義兄上のことです」

「義兄が首を吊ったことか」

「いえ、義兄上がまだ小さかった旦那様をいじめていたことです。義兄上は内緒のつもりであり、旦那様も人には決して漏らさなかったゆえ、お二人は秘密が守られていると信じていました。でもそう信じているのはお二人だけで、周囲は気づかぬふりをしていただけで、みな知っていましたよ」

「そうか」

淡々と応じた蔦重に、勇助は視線を鋭くした。

「だから義兄上が首を吊った原因が、旦那様にあると考えた者もいたんです」

勇助の視線を浴びても、蔦重は反論しようとはしなかった。代わりに勇助に尋ねる。

「斎藤十郎兵衛は吉原の出身か」

「わかりませんが、あまり吉原のことには詳しくないようです。知らないふうをしているだけかもしれませんが。阿波のお抱え能役者になる以前の出自を辿ろうとすると、ぷつんと途切れてしまうのです。跡を辿る文書も証言もありません。あの木村屋善八よりも巧みですな」

「斎藤十郎兵衛には正体がない。だから阿波藩の能役者にも見えるし、鱗形屋の跡取りにも見えるし、北町奉行所の同心にも見える。そしてなぜ——」

東洲斎写楽の代理人になったのかも不明だ、を蔦重は呑み込んだ。

六

蔦重と勇助が江戸の耕書堂に戻ってみると、風呂焚きの利兵衛こと木村屋善八が姿を消していた。利兵衛が何者か知らぬ留守居の手代は、不始末をしでかしたと恐縮しきりだったが、蔦重には利兵衛の出奔《しゅっぽん》など計算のうちだ。

「これで枕を高くして眠れる」と、留守居の手代をけむに巻くようにつぶやいて、口調をあらためる。

「写楽は来なかったか」

蔦重の口調は勢い込むようだったが、手代の方は写楽のことなどすっかり忘れていた。

「ええと」と口ごもって主人の言いつけを思い出し、あたふたと答えた。

「いえ、写楽さんとやらは参っておられません。そういやぁ、旦那様の留守中に何度も尋ねて来られた人がいましたっけ。真っ赤なトウガラシ売りの恰好をした、あまり品のよろしくない人でした」

「鉄蔵だ」

蔦重と勇助が声を揃える。

だが来たのは、写楽ではない。ちょっと気落ちした蔦重に代わって、勇助が尋ねた。

「利兵衛さんのほかに姿の見えなくなった者はいるか」

「ほかにはおりません」

その手代の返答を聞いて、勇助が蔦重に視線を送る。ふだんの顔に戻っていた蔦重が、帰宅した主人を出迎えるべく一列に居並んだ店員一同を見やった。

――幸い店に利兵衛の仲間は紛れ込んでおらんな。

それがわかっただけでも、利兵衛の正体をあばいた甲斐がある。

蔦重と勇助が帰ったその日に、またもや真っ赤な衣裳の鉄蔵が駆け込んできた。その真っ赤な衣裳を見て、留守居の手代が手を叩いて蔦重と勇助に知らせる。

「この方ですよ、店に何度もお見えになって、蔦屋重三郎はおらんのか、と店中に響く大音声を上げられていたのは」

件の手代を無視して、鉄蔵が酔っぱらったような、だみ声で発する。

「あんたらが呑気に物見遊山《ものみゆさん》している間に、鱗形屋の新たな隠れ家を探り当てたぜ」

「うるせぇな、物見遊山じゃない。それに酒も飲めないくせに酔よっぱらいみたいに叫ぶな」

勇助が叱りつけたが、鉄蔵は黙っていない。

「切れ者の勇助さんが」と皮肉たっぷりに鉄蔵は言い返す。

「鱗形屋はどこに隠れたんだろう、と右往左往する前に、ちゃんと調べておきましたよ」

舌打ちした勇助だったが、蔦重が眼を丸くしていたのは、鉄蔵のその真っ赤な衣裳だった。

「鉄蔵、まだトウガラシを売っているのか」

その蔦重へ、泡を食ったように鉄蔵は言い返す。

「たとえ相手が旦那といえども、トウガラシ売りとは聞き捨てならねぇ。絵師であるこの宗理に向かってなんちゅう言いぐさだ」

　鉄蔵は強情に言い張ったが、「ならば、なぜその真っ赤な衣裳を着ている」と、勇助に言い返されれば終わりだ。簡単に鉄蔵をやりこめた勇助を制して、蔦重が詫びてみせる。

「済まなかったな、宗理。礼はするから、近いうちに案内を頼むぜ」

　蔦重からへりくだられて面目を保った鉄蔵は、意気揚々と去っていった。その後ろ姿を見送った勇助が小声で蔦重に問う。

「あいつ、どうやって鱗形屋の新たな隠れ家を突き止めたんでしょうね」

「鉄蔵は案外に勘がいいぞ。利兵衛が木村屋善八だと知って、その動きを見張っていたのかもしれん。失明している鱗形屋を移動させるのは骨が折れるから、勇助に追跡が下手糞だと叱られた鉄蔵にも雑作あるまい」

　蔦重に同意した勇助が、ふと疑問を口にする。

「なぜ木村屋善八は、そこまで鱗形屋に義理を尽くすのでしょうな。失明して荷厄介になった鱗形屋を捨てて、こちらに寝返ってもよさそうなのに」

「直にあの老人へ問い質すんだな。神でも仏でもないおれにわかるのは、かつて鱗形屋のものだった『吉原細見』が、この蔦屋重三郎のものになったということだけだ」

「『吉原細見』に関する恨みは鱗形屋と同じなんですかね」

「鱗形屋との関係がこじれたのは、細見が始まりだよ。鱗形屋は細見を譲ってやったと思っている。だがおれは細見を救ったのは、おれだと思っている。鱗形屋は何にもしていない。指をくわえて見ていただけだ。だから主家の家宝を盗み取った例の用人が売り払い先を鱗形屋に相談し、その話を鱗形屋がおれに持ってきたとき、おれは飛んで火にいる夏の虫だと、鱗形屋を潰す機会が来たことを喜んだよ。おれが、鱗形屋が例の用人から大金を受け取ったことを、奉行所に密告したとき、鱗形屋は飼い犬に手を嚙まれたと、怒ったらしいが、おれには鱗形屋に飼われた覚えはない。飼われた義理もない奴を誰が助けるかよ。おれは鱗形屋の看板である黄表紙を乗っ取ったが、鱗形屋には恩も義理もない奴に油断するなよ、と言ってやりたい。もっとも鱗形屋は納得しないだろうがなぁ。だからおれへの復讐を企んで、徳島か秋田か――どちらか、つかめんが――に危険をかえりみず、眼も見えないくせに乗るんだよ」

腕組みした勇助が溜息まじりにつぶやく。

「盲者の一念ですな」

「そんな諺《ことわざ》、あったっけな」

苦笑いした蔦重が、真顔に戻って続ける。

「鱗形屋孫兵衛にとって、この蔦重はいまも吉原の便利屋に過ぎんのだ。蔦重ふぜいが鱗形屋に逆らうなど、あってはならんことなのだ」

「困ったお方ですなぁ」

冗談めかして勇助はぼやいたが、あくまで蔦重の表情は深刻だった。

「おれはとんでもない災厄を呼び込んでしまった。越中（松平定信）よりひどい災厄が降ってくるとは思わなかったよ。これは鱗形屋の頑迷さゆえか、それともおれ自身の不行跡ゆえか」

蔦屋重三郎は目立つ成り上がり者だから、いろいろな災厄を招き寄せるのも必然だ、という正解が勇助の脳裏に浮かんだが、まさかそのまま蔦重に言うわけにもいかず、思い出したように話題を変えた。

「こうなれば、またあの斎藤十郎兵衛を引っ張り出すほかありませんな」

「探さなくても、あいつの方からやって来るよ」

雲をつかむような斎藤十郎兵衛を、蔦重は直感で理解しているらしい。ならば、と勇助も蔦重に乗った。

「旦那様の傍でわたしも待つといたしますか」

七

蔦重の予言通りに、斎藤十郎兵衛は現れた。ただし、日本橋にある蔦重の店ではない。吉原の面番所に、北町奉行所の隠密廻同心として、ふらりと舞い戻った体で、やって来たのだ。吉原の四郎兵衛会所から一報を受けた蔦重が、すぐに出向く。勇助には知らせなかったが、すぐに勘付いた勇助は有無を言わせずに蔦重に従ってきた。

「なぜ、付いてきた」

日本橋から吉原に向かう途中、蔦重は行く手を見据えたまま難詰したが、背後に従う勇助の返答はなかった。

四郎兵衛会所に着いてみると、会所に詰める若い衆が黙って面番所の方へ目くばせをしてみせた。初めて蔦重が背後に続く勇助を振り返る。

「勇助は此処で待っていろ」

蔦重に厳しく命じられて、ようやく勇助は引き下がった。一人で面番所に入った蔦重の前に、以前の経緯など忘れたような斎藤十郎兵衛がいた。いま一人の隠密廻はおらず、代わりに但馬屋が以前と変わらぬ肥大漢ぶりで、斎藤十郎兵衛の脇に控えていた。

「外してもらいましたよ」

いま一人の隠密廻の不在を、斎藤十郎兵衛は言っている。代わりに但馬屋がいるということが、彼の立ち位置を現していた。かつて小塚原刑場にいた二人の見張りを、蔦重は思い出す。あのおり利兵衛は二人を蔦重の子分と勘違いして、蔦重に降参した。

町奉行所の同心にしか見えない斎藤十郎兵衛が、とぼけた顔つきで隣に控える但馬屋を紹介した。

「この吉原の顔役です」

「知っていますよ」

蔦重は悪びれずに応じた。

「かつて江戸で打ちこわしがあったおり、世話になりましたよ」

「ならば旧知の仲と考えてもよろしいか」

「ええ。旧知の仲です」

蔦重の態度から、斎藤十郎兵衛はその覚悟を読み取ったらしい。隣に控える但馬屋にささやいた。

「二人きりにしてくれ」

用心棒のように隣に控えていた但馬屋が、びっくりした様子で二重顎を揺らして、斎藤十郎兵衛に念を押す。

「よろしいんで」

「ああ、構わない。この人も一人で来たんだから」

但馬屋が面番所から出ていくと、蔦重は斎藤十郎兵衛の真向かいに腰を下ろして言った。

「斎藤さん、あの但馬屋まで篭絡《ろうらく》するとは、たいしたもんだ。但馬屋はこの吉原のみならず、江戸でも知られた顔役だ」

「しょせんはならず者ですよ」

「そう言い切れるとは、斎藤さんの背後には、よほど身分ある金回りの良い方がおられるらしい」

「うまいことと挑発しますね。でも、いま一度、あなたに会う気になったのは、その秘密を白状する気になったからじゃない」

斎藤十郎兵衛に皮肉な微笑が浮かんだのを見て、蔦重も表情をやわらげた。

「じつは斎藤さんにうかがいたいことがありましてね」

「なんです」

「前にもうかがったことがあるんですが、もう一度、うかがいます」

そう蔦重から言われて、何を聞かれるか見当がついた斎藤十郎兵衛が、うんざりした面持ちに変わる。

構わず蔦重は尋ねた。

「なぜ、東洲斎写楽の代理になられたのです」

見当通りのことを聞かれて、斎藤十郎兵衛の返答もぞんざいになった。

「だから蔦重さんに近づくための方便だったと、以前にも申し上げたじゃないですか」

それでも蔦重は執拗《しつよう》に食い下がった。

「それはわかっています。それでも尋ねずにはいられないのです。なぜ写楽は斎藤さんに代理を頼んだのですか」

斎藤十郎兵衛が警戒したように黙り込む。ここまで執拗なのは、何か裏があるのではないか、と疑ったのだ。蔦重の表情を探り見る斎藤十郎兵衛に、ひとつの策が浮かんだ。

「じつは」と、思わせぶりに言ってみたところ、はたして蔦重は食いついてきた。十分に引き付けてから、ぽつりと漏らしてみる。

「今まで黙っていましたが、写楽というのは、この斎藤十郎兵衛なのです」

驚くかと思いきや、蔦重は平然としていた。「さてと」とつぶやいた蔦重の瞳に、もう熱狂はない。冷徹な表情に返って、斎藤十郎兵衛に告げた。

「いま二人きりです。肝心の話をしましょうか」

「そうですね」

待ち構えたように応じた斎藤十郎兵衛だったが、奇策に失敗して蔦重に先手を取られる。

「わたしの願いはただ商売繁盛だけです」

「そうは申されても、馬場文耕の例がありますからね」

信用できん、と断じた斎藤十郎兵衛だったが、蔦重に乗せられて、自分の方から馬場文耕の名を出した。

馬場文耕と配下の貸本屋によって郡上藩の秘密があばかれ、ついに郡上藩が改易となってしまったことは、諸侯に仕える満天下の藩士たちに、よほど応えたらしい。

——いまの世でも改易されるぞ。

と、諸藩の藩士たちは震え上がったようだ。その恐怖が、このたびの件の原因でもある。

みせる。

「越中様（松平定信）ならやりかねませんからな」

斎藤十郎兵衛が、町奉行所同心の象徴である朱房《しゆぶさ》の十手を、これ見よがしに叩いてみせる。

──これがある限り、おれの後ろ盾は公儀だ。公儀を動かしているのは越中様だ。秋田藩と徳島藩のどちらなのか突き止めるぞ、と其方が脅しったって無駄なのだ。なぜなら秋田藩も徳島藩も公儀には逆らえん。

だが蔦重には朱房の十手はない。蔦重は斎藤十郎兵衛に最も効果的なことを、朱房の十手をちらつかせる相手に言った。

「この蔦重は貸本屋を閉めますよ」

朱房の十手の動きが止まる。馬場文耕の名を出して交渉の糸口を与えたことに気づかせぬよう、蔦重は斎藤十郎兵衛の視線をとらえ続けた。

「どうですか」と畳み込む。

「貸本屋を閉めてやっていけるのですか」

「ええ。うちは書物問屋の株を買ったんです。近いうちに本居宣長の本を出しますよ」

「わかりました」

斎藤十郎兵衛は蔦重主従が本居宣長に会ったことを知っているふうなので、蔦重も敢えて斎藤十郎兵衛の背後を詮索しなかった。

もしかしたなら、斎藤十郎兵衛は両藩を天秤《てんびん》にかけているのかもしれない。秋田藩主（佐竹氏）の一門である蜂須賀南山に召し抱えられた斎藤十郎兵衛ならば、南山の使者となって、両藩を繋ぐことも難しくないだろう。

蜂須賀南山が斎藤十郎兵衛を召し抱えたのは、実家に渡りを付けるためだったのかもしれない。斎藤十郎兵衛は能役者といっても、ワキツレに過ぎない。そんな端役をわざわざ召し抱えることじたい不自然ではないだろうか。軽輩の能役者ならば、賀島出雲らの門閥《もんばつ》家老に監視されている蜂須賀南山でも、自在に動かせる。

どうも斎藤十郎兵衛は金回りが良すぎるのだ。鱗形屋の養子に入るにも隠密廻同心の株を買うにも莫大な金が要る。その費用の出所はいったいどこか。

——ああそうだ、但馬屋の篭絡にも金が掛かる。

但馬屋はああ見えて、じつに目端が利く。嗅覚という点では、殿様育ちの幕閣よりも、はるかに鋭い。斎藤十郎兵衛から金をもらっても大丈夫か、ちゃんと見極めているはずだ。

蔦重が斎藤十郎兵衛を——何になっても違和感のない風姿を——あらためて見やる。

すると、化けの皮を剝がされるのを恐れたように、斎藤十郎兵衛が唐突な感じで発した。

「そうだ」

嫌な予感が蔦重の胸を走ったが、はたして斎藤十郎兵衛が言い出したのだ。

「蔦重さんならば、凄腕の刺客になれますな」

そう来ると思っていた、と何気ないふりで相手をうかがう。

——刺客、だなんて綺麗に言いやがって。ようは殺し屋だろ。

やはり斎藤十郎兵衛は要求してきた。鱗形屋を始末しろ、と。

くさいものには蓋、である。

だが蔦重は、斎藤十郎兵衛の要求に逆らう代わりに、その企てに乗ってみせた。

「鱗形屋だけでいいんですか」

「木村屋善八のことをおっしゃっているんですか」

「そうです」

「蔦重さんは恐ろしいお方ですな」

木村屋善八は斎藤十郎兵衛に何と告げ口したのか。間違いなく義兄のことだろう。

でなければ尾張国中村の某寺でのことが、説明がつかない。

「木村屋善八は何と言ったのですか」

何か引き出せるかと尋ねてみたが、うっかり答えると自分に不利になると感じたのか、斎藤十郎兵衛は謎のような微笑を浮かべて、手のひらを見せ害意のないのを示してから、蔦重の胸を軽く叩いてみせた。

「ココに全てがしまわれていますよ」

蔦重は表情を変えずに、その光景を思い出していた。

——誰にも見られていないはずだがな。

表情を変えたつもりはない。だが蔦重の横顔を一瞥した斎藤十郎兵衛は、すぐに見て見ぬふりをした。

きっと恐ろしい形相に変わっていたのだろう。

「頼みましたよ、鱗形屋の始末を」

「わかっています。もし裏切れば、あなたが鱗形屋を始末しなければならないが、そのさいには、きっとその件でわたしを下手人にでっちあげるつもりでしょう」

「蔦重さんは突っ張って斬首になった馬場文耕などより、ずっと賢いですな」

「わたしに馬場文耕の性根はないですよ」

「そんなものは不要です。我が身を滅ぼすだけですから」

斎藤十郎兵衛は言い捨てると、先に面番所から出ていった。その後ろ姿を見送った蔦重が、大きく息を吐く。斎藤十郎兵衛と入れ替わりに、勇助が入ってきた。蔦重が勇助の顔を見てほくそ笑む。

「斎藤に同心株を売った隠密廻のジジイ、勇助が阿波へ渡ったことは斎藤に漏らしとらんな。こっちが徳島藩の秘密を握ったと斎藤に知られていたなら、こう容易《たやす》く手打ちに応じなかったろう」

「しかし旦那様、じっくり攻めれば、斎藤なんぞの言いなりにはならず、うちの有利に持ち込める気がするのですが」

「その時間がないんだよ」

「なぜです。うちの店にネズミがいたのは、わたしも承知しています。そのネズミが旦那様に悪さをしていたらしい。でも誰がネズミだったのかわかったあかつきには、そのネズミを旦那様から遠ざけ、店内の問題は片づいたはずです」

「そうだな」

言外に自分の話を聞くように、という雰囲気を出して蔦重は告げた。勇助が黙って拝聴の姿勢を取ったところへ、蔦重が言い渡す。

「貸本屋な、もう止めるぞ」

驚いた勇助が、蔦重に念を押す。

「うちの切り札ですよ。それを捨てると」

「そうだ」

「そこまで斎藤十郎兵衛を信じられる理由は何ですか」

「ある件を片づければいいだけさ」

蔦重の返答を聞いて、勇助が唇を噛む。なおも蔦重に訴えた。

「探れますよ、今度の件。蜂須賀南山公を隠居屋敷に閉じ込めたって無駄ですよ。こっちには朋誠堂さんがいます。秋田から徳島を探ればいいんです。こっちは吉原と戯作の両方から朋誠堂さんの首根っこを押さえてますから。いざとなったら朋誠堂さんを脅してでも――」

「やめておけ」

蔦重が制する。

「そういうのを『骨折り損のくたびれ儲け』と言うんだ。朋誠堂喜三二という戯作者が秋田藩の留守居役筆頭でもあるという有利さを手放すつもりか」と、続けた。

「しかし、それじゃあ、どっちなのかわからないままじゃないですか。徳島が何を知られたくないかはつかんでいます。秋田もおそらく銀札に関することでしょう。情報屋としての貸本屋が舐められた存在でないことは、旦那様に教えていただいた通りです。なにせどの大名屋敷にも出入りしていますからな。どんな小さな噂話でも、いったん誰かが小耳に挟んだなら、あっという間に全ての貸本屋が共有します。御庭番より貸本屋の情報力の方が、はるかに上ですよ」

むきになって主張する勇助を、蔦重は「まぁまぁ」と宥《なだ》めた。宥めながら、だんだん厳しい顔つきに変わっていく。

「公儀には勝てんよ」

きっぱりと蔦重は告げる。

「おれは公儀に眼を付けられている。陰で、越中、と呼び捨ててみたところで、もし松平越中守（定信）本人の呼び出しを食らえば、どうなると思う。向こうは高い上座からこちらを見下ろし威丈高にまくし立て、おれは這いつくばって平伏しなければならんのだ。前に食らった過料、ありゃ、公儀の発した事前警告だぞ。次はどうなるかわかっているな、という。公儀の眼は節穴じゃない。版元のおれの稼ぎくらい知っていて、あの安い過料を言い渡したんだ」

淡々と言い終えると、蔦重は軽く勇助の肩を叩いて、くるりと背を向けた。その背中から余韻のように覚悟が漂っていた。

八

夜も更けたころ、自室にこもった蔦重が、取り出したのは錫杖だった。むかし花扇の道中の供をしたさいも、これを得物にして従った。若い歌舞伎役者と一緒にトンボを習ったときに、何気なく漏らした師範役の言葉がよみがえる。

——武器としてこれほど有効な物はない。

蔦重は周囲に法楽《ほうらく》を響き渡らせる遊環《ゆかん》を、紐で縛り付けて鳴らないようにした。シャンシャンと鳴る法楽の音は、武器として邪魔だ。完全に武器仕様となった錫杖を抱えて、蔦重は自室を見回す。若いころに着慣れた鎖帷子をまとうと、近ごろ身体から抜けない痺《しび》れも、綺麗に消えていった。

描かれたトラの眼が空洞になった屛風は、すでにない。縁の下の柵も、もう必要なかった。床の間の壁も厚く塗り直され、代わりに写楽の浮世絵が二十八枚、一面に貼られていた。それぞれ違う役者が描かれているが、どれも同じ眼をしている。

写楽の眼だ。

蔦重は一枚足りないと思う。まだ若いころの蔦重を写楽が描いた似顔絵だ。

「あれがなければ、画竜点睛《がりようてんせい》を欠く、だ」

蔦重の独り言が、しんと静まり返った自室の気配を震わす。二十八枚の眼が、揃って蔦重に同意したように感じられた。

「あれがいまおれの手にあれば」

残念そうにつぶやいた蔦重が、音のしなくなった錫杖の握りと鎖帷子の着心地を確かめる。こちらを見つめている二十八枚の眼に、錫杖をかざして挨拶した。

「行ってくるよ」

蔦重はそっと自室を忍び出た。自分の店だが、勇助を出し抜いて抜け出さなければいけない。暗い裏門に隠れた蔦重を待っていたのは、鉄蔵だ。

「勇助には勘付かれていないな」

蔦重が小声でささやくと、自信満々に鉄蔵はうなずいた。蔦重が黙って、鉄蔵の懐に一分金を押し込む。有難そうな顔もせずに、鉄蔵は仏頂面で嫌味を吐いた。

「画料よりもこっちの方が高いとは、版元なのに旦那も見る眼がねぇな」

蔦重は鉄蔵の嫌味は聞き流したが、続く鉄蔵のつぶやきの方には、当の鉄蔵がびっくりするほど反応し、二人は暗い夜道で足を止めてしまった。

「河原崎座で『恋女房染分手綱』を上演していたとき、各版元から遣わされた絵師たちが溜まっているあたりで、ちょっと風変わりなやつを見かけましてね」

鉄蔵は世間話口調だったが、それは三世大谷鬼次をはじめとして、写楽が役者絵を描いたとされる芝居だ。足を止めた蔦重が、急きこむように鉄蔵に尋ねる。

「どんな奴だった。顔を見たのか」

「いえ、後ろ姿だけです。でも変なやつでしたよ。ふつう版元から遣わされてきた絵師というのは、熱心に役者たちの動きを眼で追い、此処だと思う場面に出会ったところで、一気に筆を走らせるもんじゃないですか。まぁ、有名な役者の見せ場ですな、おれですら旦那から写楽名義の役者絵を一枚三百文で頼まれたとき、他の有象無象の絵師たちとおんなじ場面で、一斉に筆を走らせたもんですよ」

鉄蔵の「一枚三百文」の言い方が皮肉に聞こえて、錫杖に集中していた蔦重の注意もそらされる。

――何が客の欲しがる場面だ。鉄蔵を行かせた都座《みやこざ》じゃ、この野郎、画料を稼ごうと思って、客が全然欲しがらない、座元の口上図まで描いてきやがったくせに。

口上図も一興だと言ったときの余裕などいまは無い蔦重がむしゃくしゃとそれを口にしかけたが、写楽だったのではないか、と思われる男の話を、鉄蔵がし出したので、出かかった声を呑み込む。

「あの奇妙なやつ、芝居が終わるまで、いっさい筆を執ろうとしないのかと思いきや、いきなりある役者の出番で、雷に打たれたように筆を引っつかんだんです」

「誰の出番だ、それは」

「ええと」と鉄蔵は首をひねって思い出す。

「大谷鬼次のときでしたよ」

「間違いないか」

「ええ、間違いありません。ほかの絵師たちの筆は遊んでいましたからね。市川鰕蔵《えびぞう》の出番でも松本幸四郎の出番でもなかったんで」

そのときを思い出して説明する鉄蔵が、不思議そうに蔦重を盗み見た。鉄仮面のような印象の蔦重が、真っ赤に顔を興奮させていたのだ。

――やはり大谷鬼次だ。

蔦重は内心で叫んだ。

蔦重は大谷鬼次本人を芝居小屋の楽屋まで訪ねたことがある。あのとき大谷鬼次本人は、写楽の絵を見て言った。「これ、おれですか」と。蔦重は大谷鬼次本人が首をひねった似顔絵を指さして問うた。「この手は何をつかもうとしている、のか」と。

大谷鬼次本人もその絵に描かれた両手を見てびっくりしていた。それほど異様に描かれていた。指が六本あるかに見えて、数えてみると五本だった。手のひらが大きく歪んでいるため、指が六本あるように錯覚するのだ。

蔦重自身が大谷鬼次本人の手を確かめてみたところ、何の異常もないふつうの手だった。

——大谷鬼次本人も気づかぬ何かが、写楽には見えていたのかもしれない。

二十八点の役者絵のうち、三世大谷鬼次を描いたものだけが、感情を露わにしていた。たまたま芝居がそういう場面だったというのは当たらない。他の役者にも見せ場はあった。主役級の市川鰕蔵や松本幸四郎の方が、見せ場は多かったはずだ。奇妙に歪んだ手も大谷鬼次の絵だけで、ほかの役者絵はふつうに描かれていた。

——写楽が大谷鬼次を通して伝えたかったものは何だろう。

それは永遠の謎だった。写楽本人に問わなければ解決することのない謎だ。だが大谷鬼次の絵にこそ、写楽が蔦重を描いた似顔絵を解く鍵があった。それを解く手掛かりなど、一つも無かったが。

再び蔦重が正確な足取りを夜道に刻みながら、尋問を鉄蔵に投げた。

「その奇妙な男の傍に誰かいたか」

「いえ、一人でした」

迷いなく返答した鉄蔵に、蔦重は満足した様子で、錫杖を握り直した。暗い行く手を見据えて口の中で何かつぶやく。

蔦重の念頭にあったのは、斎藤十郎兵衛だ。

「どうやらあいつは席の取持ちをしただけらしい」と聞こえた。聞こえてもいいと思っているのか、鉄蔵の耳にもはっきりと届いた。

「旦那、その奇妙な男が気になるんでしたら」

鉄蔵が助言した。

「むかしトンボを一緒に習った役者に訊いてみたらどうです。おれは背後から見ていたんで顔を見ていませんが、舞台なら客席と正面から向き合っているわけだから、役者たちのなかに、その奇妙な男の顔を憶えている者もいるかもしれません。『恋女房染分手綱』に出てたやつもいたでしょうから」

「そうだな」

気のない返事をした蔦重が続ける。

「トンボを一緒に習ったやつらのことは知らんなぁ。もう三十年も前のことだ。連中とはその後、会ったこともない。トンボを教えてくれた師範役は何といったけな。ええと、市川ナントカとか松本ナントカが、歌舞伎役者には多すぎるんだよ」

「そうなんですか」

鉄蔵が蔦重へ意味ありげな視線を送る。

「なんだ」

無造作に応じた蔦重へ、鉄蔵が返す。

「じつは旦那は人を信じないよな。信じるように見せかけるのはうまいけど」

「そうだよ」

あっさり認めた蔦重が、鉄蔵を道案内に夜道を行く。紛れるように行く手の闇の中で潜んでいるのは、鱗形屋の隠れ家だ。

蔦重はいま一度、身体の痺れを消す錫杖の握りと鎖帷子の着心地を確かめた。

九

蔦重が着いたのは、ずいぶんさびれた大きな屋敷だった。白昼に見ても、不気味さ漂う空屋敷で、江戸では珍しいたたずまいなのは、夜目にも明らかだった。

「かえって目立つんじゃないか」

蔦重がささやくと、道案内の鉄蔵はかぶりを振って答えた。

「ここは奉行所の人間でも見て見ぬふりをして素通りする、有名な化け物屋敷ですからね。所払いを食った鱗形屋の隠れ家としてうってつけだと思いますよ」

「そうか」

納得した蔦重が、崩れかかった門を潜ろうとしたところ、すました顔の鉄蔵は、付いてこなかった。

「なんだ、幽霊が怖いのか」

苦笑した蔦重が振り返ったところ、強情にも鉄蔵は怖いと言わなかった。

「おれの道案内は門前までです。それが契約ってもんです。旦那も契約、契約うるさいじゃないですか」

「そうだな」

蔦重は強情な鉄蔵を受け流し、その視線を崩れかけた櫓門《やぐらもん》の真っ暗な二階のあたりに向けた。そのあたりで、光が一瞬、光ったのを認めたのだ。

おそらく斎藤十郎兵衛だろう、と見当を付けたが、ふてぶてしさで鳴らした鉄蔵は、すっかり逃げ腰だ。

「旦那、いまあの二階あたりでなんか光りましたよ。ありゃ、鬼火かなんかじゃないですか」

蔦重が噴き出しながら言う。

「おれにも見えたぞ」

「えっ、旦那にも見えたんですか。じゃあ、鬼火に違いねぇ」

――なんで、そうなるんだよ、逆だろ、逆。二人とも見えたんだから、現実の火に決まっているだろ。幽霊が火打石をカチカチやると思っているのか。

そう蔦重は叱りつけたかったが、根が生えたように鉄蔵はその場を動かない。やむなく蔦重は尋ねた。

「屋敷内の間取りを教えろ」

「知りません」

あっさり応じられ、「気が利かねぇな」とぼやいた蔦重が、夜闇に沈む空屋敷をあらためる。

どうやら元は高禄の旗本屋敷だったらしい。鉄蔵はと振り返ると、ちゃっかり蔦重の身体を盾《たて》にして、空屋敷の様子をうかがっている。それを見た蔦重が、心の中で鉄蔵を勇助と比べる。

――融通が利かんという点では、どっちもどっちだが。

蔦重の身体を盾にした鉄蔵が、せわしなくささやく。

「旦那、旦那」

「なんだ」

「追加で礼金をくれるんだったら、この先もお供してもいいですよ」

「鉄蔵、屋敷の間取りを知らないんだろ」

「ええ、知りません」

「だったら、足手まといだ。ここで待っていろ」

言い捨てると、蔦重は鉄蔵をその場に置いて、一人で崩れかけた櫓門を潜っていってしまった。

屋敷は真っ暗だったが、松明《たいまつ》等の照明具は持たない。片方の手が塞がれるし、光源で所在を知られてしまう。蔦重は音のならない錫杖だけを握って、先へと進んだ。

玄関らしき式台から、履物を履いたまま屋敷へ上がり込む。荒れ果てた板敷が泥に汚れ、埃《ほこり》が積もっているのが、夜目にも分かった。

意外に明るいな、と感じた蔦重が、いま潜ってきた櫓門を急に振り返る。呼吸を合わせたように、背後の光が消えた。

――やはり、誰かいる。

鉄蔵は尻込みしていたが、人の気配があったことで、逆に蔦重は此処が目的地だと確信した。

無音の錫杖を握り鎖帷子の具合を確かめて、屋敷の奥へと進む。右手も左手も真っ暗だったが、おそらく庭に面した右手は風呂や厠《かわや》になっているのだろう。そう見当を付けて、座敷の連なる左手へ進む。一枚、一枚と襖《ふすま》を開いていく。どの座敷も真っ暗で人の気配が絶えた静まり返った部屋で、黴《かび》の臭いを嗅いだ蔦重は、暗闇の先を探る錫杖を手持ち無沙汰に引き寄せた。

母屋の全ての座敷を探った蔦重は、坪庭に離れがあることを知らなかった。鉄蔵がちゃんと調べなかったせいだ。

素通りしそうになった蔦重を引き止めるように、其方でガチャリと物音がした。暗い先に離れがあるのに気づいた蔦重が、その物音が聞こえた部屋の障子を開け放つ。いきなり暗闇から、何か飛び出して、蔦重を捕えようとする。逆に捕え返そうとして、左腕で錫杖を抱いた蔦重の右手に、べったり何かが付いた。

何が付いたのか確かめるより先に、蔦重は部屋の奥にうずくまる人影に気づいた。蔦重が周囲の暗闇を探る。待ち伏せする気配はない。念のため背後を振り返ってみたところ、追跡してくる影はなかった。

相手に自分の動きを知らせる目印となる、松明等の光源を持たなかったおかげか、と蔦重はちらと考えた。この場に鉄蔵なんぞいれば、と舌打ちしながら、その様を想像する。

想像しただけで、うんざりだ。きっと鉄蔵は屋敷の様子がわからないと騒ぎ立てるだろう。自分たちが「ここにいます」と言わんばかりに。

蔦重は満を持したように、夜の帳《とばり》が下りた座敷の向こうにうずくまる人影に近づく。その前に先ほど右手にべったり付着したものが何か確かめる。

思った通り血だった。

ということは、と人影に迫った蔦重に、ぐらりと傾いたその人影がもたれかかってきた。距離を取った蔦重が、その人影がすでに死んでいることを確かめ、何者の死体なのかも見極める。

木村屋善八こと利兵衛だった。

「バカなやつだ」

蔦重から漏れた声は、独り言に聞こえて、じつは木村屋善八を始末した下手人に向けられていた。

「斎藤さん、そこにいるんでしょ」

蔦重が発したのは、木村屋善八の死体の陰になった暗闇だ。暗闇が揺れ、斎藤十郎兵衛の声だけが聞こえてきた。

「いつのまにやら、暗闇に紛れて手の届く距離まで迫るとは。さすがですな、蔦重さん。版元をやらせておくには惜しい」

「いや、吉原の用心棒に逆戻りするのは真平御免です」

「それは残念だなぁ。でも蔦重さんの生い立ちは、版元よりも、こっちの方がふさわしいのに」

「義兄の死について、利兵衛、いや木村屋善八はなんと言ったのですか」

「殺したのは蔦重さんだ、と」

「だから、尾張国中村の名も知らぬ寺で、あんな真似をしたんですね」

「そうです」と応じた斎藤十郎兵衛の声が、いぶかしげに変わる。

「でも、名も知らぬ寺はないでしょう。あの寺は蔦重さんの御実父の菩提寺《ぼだいじ》じゃないですか」

「知りませんでしたよ」

素っ気なく答えた蔦重の心に、あの光景がよみがえる。

鴨居に吊った縄にぶら下がった義兄。その首の吊り方があまいのを見取った蔦重は、養父母に知らせようとして、その前にしておくことがあるのに気が付いた。

少年だった蔦重が、ぶら下がった義兄を冷静に観察する。

——どこを締めればいいか。

ひとつうなずくと、何のためらいもなく、ぶら下がった義兄の足元を狙い通りに引っ張った。義兄から悲鳴が上がる。断末魔の叫びだ。意外に大きな声が上がり、蔦重はちょっと顔をしかめた。苦笑いする。動かなくなった義兄を見上げ、その背中を二度三度と叩いてみる。蘇生しないのを見届けてから、養父母のもとへ走ろうとして、急に立ち止まった。

もう一つ、やっておかねばならないことがあったのだ。

遺書の有無だ。もし自分に都合の悪いことが書かれたりしていたなら、うまくごまかさねばならない。場合によっては、遺書そのものを隠さなければならず、そうなれば意外な綻びから、細工が露見する危険も出てくるのだ。

面倒かけやがって、と少年だった蔦重は遺書を探し始める。

それにしても邪魔だった。ぶら下がった義兄の身体が。蔦重は邪険に義兄の身体を払いながら、眼を皿のようにして遺書の有無を確かめる。

遺書はなかった。やれやれと安堵した蔦重が、急いで養父母のもとへ走る。あわてたそぶりを忘れずに。

おかしいな、と、いま暗闇の中で木村屋善八の亡骸をはさんで、闇に潜み隠れて見えない斎藤十郎兵衛と対峙しながら、あの光景を反芻《はんすう》してみる。

——誰にも見られなかったはずだけどな。

鴨居にぶら下がった義兄に、とどめを刺したところを。

すると蔦重の疑問に答えるような、斎藤十郎兵衛の声が聞こえてきた。

「首の縄目の痕《あと》に不審を感じたようです」

だとすれば木村屋善八の前身は、浄閑寺《じょうかんじ》の寺男ではないか。吉原関係者が葬られる浄閑寺には、首を吊った死体が運び込まれることも珍しくはない。そのために浄閑寺の寺男は、変死体の有無を見極められるようになったという。

——いまさら木村屋善八の素姓がわかっても仕方がないが。

もう木村屋善八は死んだのである。木村屋善八は単に鱗形屋の手先というだけではなく、彼なりの情念を抱く背景があったようだが、そこまで思いやる義理など、蔦重にはない。

「蔦重さんが果たさねばならぬ義理のため」

暗闇の向こうから聞こえた。

「いまからご案内します」

闇に一つ火が浮かんだ。蔦重を先導するように滑っていく。離れを滑り出て母屋へと。見覚えのある式台らしき影が沈んでいた。

おや、元のところへ戻ってきたのか、と思いきや、先ほどは左手に見当を付けて進んだのに、今度は右手に向かう。

蔦重は入ってきたとき、庭に面した右手にあるのは、風呂や厠などに違いないと睨んで、座敷の連なる左手に進んだのだが、先導の火は滑りながら右手へと入っていった。

思った通り、風呂場が真っ暗な姿を現した。風呂桶の蓋がバタンと鳴り、浮かんだ火が浴槽の中へと潜っていく。

浴槽に湯も水も張られていないのは明らかだ。蔦重は迷わず先導の火を追って浴槽の中へ飛び込んだ。思った通り浴槽は空だった。底を探ってみると、底に隠し扉が仕込まれており、その蝶番《ちようつがい》らしきものに手先が触れる。引っ張ってみたところ天窓のように開き、据え付けられた梯子を下りると、その先の隠し部屋に、座した人の影法師が見えた。

隠し扉の先にあった座敷には蝋燭《ろうそく》の火が灯り、座した人影を照らしていた。先導の火はもう見えなくなっていたが、いまは蝋燭の火に早変わりしているのかもしれない。

座敷の人影が、バタンと開いた隠し扉の音を聞いて、眼をこちらに向ける。

――鱗形屋だ。

天井の高さとあたりの広さを確かめて手にした錫杖を身構えた蔦重だったが、相手の瞳は何の反応も示さない。

――そうか。

蔦重は思い出した。鉄蔵の報告を。

――眼が見えなくなっているんだ、鱗形屋は。

蔦重が一歩そちらに踏み出すのと、鱗形屋が見えていない瞳を向けて発するのと同時だった。

「利兵衛かい」

勘違いした鱗形屋が呑気に呼びかける。

ギィと隠し部屋へ続く床板が軋んだ。

蔦重は無言である。

「斎藤さんなのかい」

鱗形屋の声音が切迫してきた。

それでも蔦重は無言だ。

「もしかして、おまえ！」

「そうだ、蔦屋重三郎だ」

初めて蔦重は口を開いた。

悲鳴を発した鱗形屋が、よろよろと立ち上がる。

——無駄だよ、あんた、眼が見えないんだ。

蔦重が身構えた錫杖の狙いを定める。

突然、蔦重の脳裏をかすめた。まだ少年だったころの記憶が。罠に掛かったイノシシが左右の柵にぶつかりながら暴れていた。そのイノシシに近づく若い男——あれは義兄だった——が、短い刃物を取り出した。その刃が自分に向けられるのではないか、と危惧した蔦重だったが、見ていろ、と発した義兄は、イノシシの鼻づらを、先に輪をはめた竹竿で押さえる。身動きを封じられたイノシシの喉に、義兄の短刀が迫る。最期を悟ったイノシシが、懸命の悲鳴を上げた。

狙いを定めた蔦重の錫杖が、鱗形屋の顔面を横殴りする。頬骨が砕けるにぶい音がして、顔を押さえた鱗形屋が、床板にくずおれる。

まだ鱗形屋は生きていた。錫杖を構えた蔦重の足元で。

鱗形屋は必死に命乞いしていた。助けてくれ、助けてくれ、と蔦重の耳に響く。

また蔦重は思い出す。イノシシを罠で捕えたことを。だが今度とどめを刺そうとしているのは、義兄に倣《なら》った蔦重自身だった。少年だった蔦重の手が握っているのは、鉄の棒だ。いま蔦重が握っている錫杖に近い。少年だった蔦重は、罠に掛かって暴れるイノシシの脳天に鉄の棒を振り下ろした。一撃でイノシシは死なない。イノシシが死ぬまで鉄の棒を振り下ろし続けた。だんだんイノシシの悲鳴が弱くなる。

「死ね！」

叫んだのが、いまの蔦重だったのか、記憶の中の蔦重少年だったのか、判然としなかった。

突然、回想を破って、シャンシャンと鳴り出す。

縛った紐が切れ、錫杖で遊環が鳴り出したのだ。法楽の音を響かせながら蔦重の錫杖が振り下ろされるたびに、骨が砕け肉の潰れる感触が生々しく蔦重の脳髄にまで響き、倒れた鱗形屋から血飛沫が上がった。

動かなくなった鱗形屋と、あのときのイノシシが重なる。

「あのときよりマシだ」

返り血で真っ赤になった蔦重が、我知らず独り言を漏らす。「あのとき」は、まだイノシシを解体する仕事が残っていた。

闇の帳のどこかで、蔦重の「仕事」を見届けた斎藤十郎兵衛の声が聞こえてきた。

「これで秘密を知る者はいなくなりました」

「おれには秋田藩にも徳島藩にも義理はない」

叩きつけるように応じた蔦重だったが、それでも「公儀」とは言わなかった。証拠がないのがその表向きの理由だが、なぜ秋田や徳島は出したのかを深読みした斎藤十郎兵衛は、蔦重へ助け舟を出すつもりでこう言った。

「でも鱗形屋を殺る動機はあるでしょう」

蔦重は答えなかったが、斎藤の声は止まなかった。

「我々は同志だったんですよ」

斎藤の言いぐさがおかしかったのか、蔦重が忍び笑いを漏らす。構わず斎藤は続けた。

「貸本屋を止めるという約束を、今後も守っていただけるなら、もうわたしが蔦重さんにお会いすることもないでしょう」

思わず失笑を浮かべた蔦重は、何か言い返そうとしたが、すでに暗闇に斎藤十郎兵衛の気配はなかった。まだ足元には鱗形屋の死体があったが、町奉行所が事件化することはあるまい。

今度の件を、もし松平定信が知りでもしたら——と、蔦重はおかしくなる。

きっと額に青筋立てて郡上一揆の全容を解明した田沼意次に負けじと、色めき立つだろう。

——そうなれば、おれは鱗形屋殺しの罪で死刑か。知られた版元が死罪とあっちゃあ、江戸は上を下への大騒ぎだよなぁ。斎藤十郎兵衛も正体不明のフクロウみたいに隠れていることができずに、下手をしたら打ち首だな。徳島藩は米作地と幕府に届け出たところで藍を作っている事実をごまかせなくなり、秋田藩もおれたちが知らないことまで含め旧悪が全て露見しちまう。朋誠堂さんも腹を切らねばならんだろうな。とてもナントカいう毒婦の話にすり替える真似はできんだろう。

天下は大混乱だ。だが幕府は天下が大混乱に陥ることを望んではいない。少なくとも松平定信を除いては。

いや、松平定信だってわからない。なんでも北方に脅威が迫っているそうだ。北方といってもアイヌのことではない。アイヌの住む蝦夷ヶ島《えぞがしま》（北海道）より北から、その脅威はやって来るらしい。ロシア、と言うそうだ。蝦夷ヶ島のことさえ雲をつかむようで、ピンとこないが、その脅威とやらは、もっと北から来るらしい。

幕府内はその「北の脅威」とやらで、てんやわんやらしい。ロシアの出方を探らねば、と急ぎ北方探検隊を組織したようだ。「南の長崎さえ見張っていればいいと思ったのに」という幕閣のぼやきが聞こえてきそうである。その幕閣の中心にある松平定信には、江戸の「小事件」に関わっている暇などなくなってしまったのかもしれない。

「越中（松平定信）も大変だよなぁ」

　闇の中で蔦重が声に出してみる。足元に転がった鱗形屋の死体が、闇をにじませる蝋燭の炎に薄暗く沈んでいた。

　顔面や頭部を滅多打ちにされた血まみれの死体は、どう見ても他殺体としか見えぬが、町奉行所はほっかむりを決め込むのであろう。蔦重の脳裏に、能吏《のうり》で知られる北町奉行、小田切土佐守の顔がちらと浮かんだ。

　蔦重が血まみれの錫杖を引きずって、元の崩れかけた櫓門に出る。ほんとうは錫杖など捨てたかったが、現場に「凶器」を遺棄するわけにはいかない。「証拠がない」と強弁しようとする町奉行所の仕事を増やしては、かえって自分の首を絞めてしまう。だから蔦重はズルズルと錫杖を引きずって、櫓門を出た。門外で待っている鉄蔵を探す。きっと不安げに蒼ざめて立ち尽くしているだろう、と思いきや、道端にどっかと腰を下ろした鉄蔵が、提灯の光を浴びていた。

　呑気に何か食っている。何を食っているのかと近づいた蔦重に、もしゃもしゃと口を動かす鉄蔵が、串に刺した団子を示した。

「旦那も食うかい」

「いらねぇよ」

ただちに答えた蔦重を、鉄蔵はじろじろ見やった。

「旦那、ずいぶん血を浴びているね。おれがトウガラシ売りの衣裳を着ていると、よく旦那にからかわれたもんだが、あれと同じくらいに、旦那も真っ赤だぜ。アハハハ」

ムッとして行き過ぎようとする蔦重の背を、鉄蔵が呼び止めた。

「旦那、血を洗い落とさないと、あの上品な日本橋の店には帰れないぜ」

「もうやっている銭湯なんかねぇよ」

言い捨てた蔦重に、思い出させるような声を鉄蔵が上げた。

「吉原ならまだ大丈夫じゃないですか」

蔦重の足が止まる。「吉原か」とつぶやいた。蔦重が生まれ育ったのは、吉原である。だが蔦重は鉄蔵を振り返ると言った。

「浄閑寺へ行ってくれ」

いぶかしげに口を動かす鉄蔵に続けた。

「義兄の五月人形な」

思わぬ蔦重の言葉が返ってきた。

「あの五月人形がいまも義兄の墓に供えられているか確かめてくれ」

すると怪訝そうな顔をしながらも鉄蔵は訊いてきた。

「そりゃ、菩提心ですか」

「違うよ」

蔦重は言い捨てると、そのまま歩み去った。錫杖を重そうに提げて。紐が切れた錫杖で、遊環がシャンシャンと鳴り、余韻のように暗闇を震わせた。

十

日本橋通油町の耕書堂に、蔦重が帰ってきたのは、深夜だった。「証拠」の錫杖は、すでに大川の深みへ投げ捨ててしまった。ついでに鎖帷子も脱ぎ捨てて錫杖と一緒に投げ込んでしまう。

「これで吉原の便利屋ともおさらばだ」

そう叫んで黒い川面に投げ捨てたとき、ふと花扇に言われたことを思い出した。あれは扇屋の花扇の部屋だ。豪華な調度と伽羅《きやら》の芳香に囲まれて花扇は言ったのだ。

「重さん、吉原を思い出ごと捨てたいのかい」

何と答えたのか憶えていないが、たぶん愛想笑いして口から出まかせを答えたのだろう。錫杖も鎖帷子も投げ捨てたことを、勇助も店の者も知らない。錫杖と鎖帷子を投げ捨てた瞬間に、また全身の痺れがよみがえってきたことも。その痺れを素手で奥へ押し込むようにして、ないことにしてしまったことも。

灯の消えた店内は静まり返り、店に宿直している者も就寝している刻限だったので、蔦重は物音を立てぬよう、そっと店内に入る。戸口に施錠して振り返った蔦重が、仰天して立ちすくむ。暗い店内で、誰かが仁王立ちして待ち構えていたのだ。

「旦那様、どちらへ」

勇助の声だ。

勇助に黙って抜け出した経緯を思い出した蔦重だったが、決心したように告げた。

「勇助、灯を点けなさい」

勇助の手で店に蝋燭の火が点けられると、蔦重は上がり框《かまち》に腰を下ろした。いまだ返り血を落としていない蔦重を難詰するように勇助が問う。

「旦那様、どちらへ行っておられました」

「口を出すな、勇助。これはおれの代で決着を付けるべきことだ」

「しかし――」

それ以上言えずに勇助が黙り込むと、蔦重は言った。

「おれの跡を継いで『二代目蔦屋重三郎』となれ」

早まるな、と勇助が口をさしはさむ。

「旦那様はまだお若いではございませんか。いまだ四十代。五十を過ぎてから子が生まれた例など、枚挙のいとまもないほどでございます」

「いや」と蔦重は勇助を遮る。きっぱりと言い切った。

「おれが五十を過ぎて子をなすことはありえん」

それだけ告げて、上り框から腰を上げた蔦重の血に汚れた姿を見やった勇助が、静かに引き止める。

「旦那様、お休みの前に湯を浴びられた方が良いかと」

「そうだな」

蔦重が同意する。

「風呂焚きの利兵衛さんはもうおりませんが、代わりにわたしが焚きます」

「世話をかけるな、勇助」

ねぎらった蔦重だったが、それ以上は言わない。勇助も黙然と風呂を沸かした。風呂場に入った蔦重は、外に風呂を焚く勇助の気配を感じたが、声はかけない。風呂を沸かす勇助も同じだった。

やがて風呂場の外で、勇助の気配が消える。湯が沸いたことを知った蔦重が、じっと浴槽から立ち上る湯気を見つめる。

――子どもの頃にこんなことがあったな。しんしんとした深夜に、たった一人で風呂に入ったことが。

まだ誰も殺していないころの記憶が、いま初めてよみがえった。感傷に浸った蔦重の眼に、返り血を浴びた両手が飛び込んでくる。現実に頬を打たれたようになった蔦重が、せっせと血を洗い流す。

ちらと視線を周囲に走らせる。誰もいない。習慣のようなものだ。誰もいないのを確かめて、また蔦重は血を洗い落とし始めた。

入浴を済ませて風呂場を出たとき、焚き口を振り返る。利兵衛がいたころ、彼は焚き口の火が消えても、案じ顔でそこにいた。

蔦重はひとり冷笑する。

――利兵衛のやつ、幽霊になっても出るところがないぞ。

自室に入った蔦重を出迎えたのは、壁一面に貼られた二十八枚の写楽の浮世絵だった。二十八枚の眼が、一斉に蔦重へ集まる。

蔦重が安堵の息を吐いて、寝具に寝転がって大の字になる。どんどん生気が抜けていくのも構わず、安堵の息を吐き続ける。

大の字に寝転がった蔦重が、写楽に通じる二十八枚と、眼を合わせる。

――殺ってきたよ、鱗形屋を。

蔦重が報告しても、二十八枚には何の返事もない。それでも蔦重は忖度なしにそのままを打ち明けた。

首を吊った義兄を見つけ、しめた、とばかりに、足を引っ張ったときは、誰にも何も言わなかった。花扇の言った通り、あれは丸ごと捨ててしまうべき思い出だった。

いまになって、思い返したことがある。

――なんで、義兄は首を吊ったんだろう。

ふつうなら頭を離れない疑問だろうが、蔦重は捨ててしまってかえりみようともしなかった。

それがおれ――だったが、あらためて二十八枚を見やれば、何かが足りない。何だろう、と首をひねるまでもなく、それが何かわかった。

写楽の絵が一枚足りないのである。

――あの絵が揃わなくちゃ、写楽じゃねぇ。

そう蔦重が強く感じている一枚があった。

「あの絵があったらなぁ」

そうつぶやいた蔦重の意識がだんだん遠のいていく。混濁《こんだく》していった意識に、蔦重がそれと気づかないうちに掏《す》り替わっていった。

いつのまにか蔦重は、一枚の浮世絵を大切に抱えていた。それは写楽がそば代の代わりに蔦重を描いたものだった。版木にして鉄蔵に彫らせた覚えもない。色さしをして勇助に摺らせた覚えもない。

だが、蔦重が手にしているのは、その浮世絵だ。

うれしくて蔦重がはしゃぎ回った。バンザイしてあたりを跳ね回った。だが肝心の絵が、蔦重には見えないのである。どんなに眼を凝らしても、見えないのである。見えない、見えない、と焦っているうちに、手にしていたはずの絵が、泡のように消えてなくなってしまった。

途方にくれた蔦重は、ふらふらと夜道へ彷徨い出た。遠くに何か光が見える。吸い寄せられるように、其方へ近づくと、掛行燈が「二八そば」と読める担ぎ屋台だった。

暗い夜道に出た二八そばの担ぎ屋台をのぞめば、二つの人影が浮かんでいる。一人はこちら向きで、いま一人は背中を向けている。

こちらを向いている一人がドンブリのそばを差し出し、背中を向けた一人がそれを受け取っていた。

二八そば売りは、蔦重ではないか。ずいぶん若い。まだ十八くらいじゃないか。

ということは、いま背中を向けてそばを食っているのは写楽だ。

間違いない、写楽はあんな垢ぬけない恰好をしていた。間違いない。

「おおい」と呼んだが、声が出ない。今度こそと全力を振り絞った。

「しゃらーくぅ」

もがきながら、写楽へ近づこうとする。その一念が通じたか、掛行燈《かけあんどん》に照らされた写楽の背中が、呼応するように動きだす。

こちらを振り返ろうとしていた。

「しゃらーくぅ」

喜び勇んで写楽の背中に手を伸ばす。もう少しで手が届く。もう少しで。だがそこで万事休した。

真っ暗になった。

十一

翌朝、いつものように勇助が、蔦重の自室に朝餉を運んできた。蔦重が口にするものは、決まって、まじりっけなしの清酒と、上等の白米と塩だけで握った、まじりっけなしの握り飯だけだ。

蔦重は朝から酒を飲む。困ったものだが、朝から酒を飲む以上に困ったのは、蔦重の偏食である。遠回しに諫めると気づかないふりをするし、面と向かって直言しようものなら本気で怒りだした。これが朝、昼、晩と続く。その頑固さに、勇助はほとほと手を焼いたものだ。

「旦那様」と朝餉の盆を手にした勇助が、閉じられた障子に呼びかける。

返事はない。

二度、三度と呼びかけた。

やはり返事はない。

朝餉の盆を手にした勇助が、注意深く周りを確かめる。障子は閉じられていたが、雨戸が開けっ放しになっていた。もう暖かい時期だから、雨戸を閉めなかったのかもしれないが、勇助は念のため戸袋を確認した。

昨夜以来、誰かが手を触れた形跡はない。朝餉の盆をその場に置いて、障子の奥へ耳を澄ませてみたが、やはり奥は静まり返っている。

意を決して障子を開け放つ。勇助は天を仰いだ。見たくない光景だった。

寝具の上で、蔦重は冷たくなっていた。主だった手代を呼ぶ勇助の脳裏に去来したのは、蔦重の遺言だ。勇助を後継者とするという遺言より先によみがえってきたことがある。

東洲斎写楽の版木を散逸させてはならない――だ。

勇助が主の亡くなった居室を眺める。一面に貼られた写楽の浮世絵が、ひっそりとこちらを見ていた。

寝具の上で冷たくなっていた蔦重の指先が、虚空をつかんでいた。三世大谷鬼次の浮世絵のように。

――何をつかもうとしていたんだろう。

蔦重に仕えた永き日々を、懸命に思い返してみたが、力なく勇助はかぶりを振る。

がっくりうなだれた勇助が、朝餉の盆に載せられていた白米と塩だけの握り飯を、「だから言わんこっちゃない。こんなものばかり食うから」と、乱暴につかむ。かぶりついたとき、ハッとした。

――もしかしたら。

勇助の心がうめいた。

蔦重は好きで偏食していたのではないかもしれない。

まじりっけなしの清酒と、まじりっけなしの握り飯――両方とも、もし何かが混入していたら、すぐに異常に気づけるものではないか。

その蔦重の食事を運ぶのは、勇助の役目だった。

敗北感に打ちのめされた勇助が天を仰ぐ。眼に入ってきたのは、写楽の描いた二十八枚だった。蔦重が信じられたのは、東洲斎写楽だけだったのかもしれない。

かじりかけの握り飯を手にした勇助が、急を聞いて駆けつけてくる手代たちの足音を呆然と聞く。

寛政九年五月六日、蔦屋重三郎は死んだ。


〈完〉

◎本作は書き下ろしです。
◎本作はフィクションです。
◎現代的な感覚では不適切と感じられる表現を使用している箇所がありますが、時代背景を尊重し、当時の表現および名称を本文中に用いていることをご了承ください。

髙橋直樹（たかはし・なおき）
1960年東京生まれ。92年「尼子悲話」で第72回オール讀物新人賞を受賞。95年「異形の寵児」で第114回直木賞候補。97年『鎌倉擾乱』で中山義秀文学賞受賞。『軍師　黒田官兵衛』『五代友厚　蒼海を越えた異端児』『直虎　乱世に咲いた紅き花』『駿風の人』『北条義時 我、鎌倉にて天運を待つ』『倭寇　わが天地は外海にあり』（いずれも小社刊）など著書多数。

蔦屋重三郎 浮世を穿つ「眼」をもつ男

潮文庫　た-12

2024年　11月18日　初版発行
2025年　1月26日　3刷発行

著　　者　髙橋直樹
発 行 者　前田直彦
発 行 所　株式会社潮出版社
〒102-8110
東京都千代田区一番町6　一番町SQUARE
電　　話　03-3230-0781（編集）
03-3230-0741（営業）
振替口座　00150-5-61090
印刷・製本　株式会社暁印刷
デザイン　多田和博

ISBN978-4-267-02444-3 C0193
